旅途撷趣

——享受发现之旅的知识采摘

李毅军 著

中国三峡出版传媒
中国三峡出版社

图书在版编目（CIP）数据

旅途撷趣：享受发现之旅的知识采摘 / 李毅军著. —北京：中国三峡出版社，2018.1
ISBN 978-7-5206-0032-3

Ⅰ.①旅… Ⅱ.①李… Ⅲ.①游记—作品集—中国—当代 Ⅳ.①I267.4

中国版本图书馆 CIP 数据核字（2017）第 331416 号

责任编辑：危雪

中国三峡出版社出版发行
（北京市西城区西廊下胡同51号 100034）
电话：（010）57082645 57082566
http://www.zgsxcbs.cn
E-mail:sanxiaz@sina.com

北京华联印刷有限公司印刷 新华书店经销
2018 年 4 月第 1 版 2018 年 4 月第 1 次印刷
开本：787 毫米 ×1092 毫米 1/16 印张：15.25
字数：190千字
ISBN 978-7-5206-0032-3 定价：58.00元

前言

“读万卷书，行万里路”是我国古代先贤提倡的求知方式。在资讯和交通极不发达的时代，“读万卷书，行万里路”对很多人而言就是一种奢望，因此人们对于难得的远行机会都十分珍惜，对于路途中的所经所历、耳闻目睹都视为极好的学习机会，纳入其写作的素材，探索其中的奥妙。因此，才有了徐霞客的《徐霞客游记》、才有了李白等人那些流传千古的不朽诗篇……

而今，便利的交通条件让旅行“说走就走”成为易事，目不暇接的丰富资讯可以让我们安坐家中却知晓天下事。正因如此，很多人对待旅游就变得漫不经心，其过程连“走马观花”都称不上，可以戏谑为“上车睡觉，下车拍照，回来一问，啥都不知道”；或自哀自怨地将自己的旅行评价为“花钱买罪受”；或仅仅限于一路上对面前的景观拍照后发到朋友圈寻求点赞，以致顾不上去认真仔细地观赏眼前的一切，并进一步探索与此相关的历史渊源或背景知识。我认为，这样的旅游已经失去其本身的意义！

旅游的意义是什么，可谓“仁者见仁智者见智”。我觉得，首先就是一种享受，一种高级的精神享受，它是在物质生活条件获得基本满足后出现的一种追享欲求。记得有一位社会学家说，旅游者的心理中有“求新、求知、求乐”这样三条，这是旅游者心理的共性。旅游者不远千里而来，就是想领略异地的不同风光和不同的风俗民情，在异地获得平时不易了解得到的知识、以及与平时不易得到的差异性快乐。当然，与此同时也可以通过耳闻目睹来增长见识。旅游过程中可以让人学到很多东西：自然与人、不同地区的风俗习惯、历史地理知识、经济发展情况、历史沿革、奇闻逸事等等，其实无形中就相当于受到了一次内容丰富多彩的博学教育。

这些年，我去国内外的不少地方旅游过，也参观了不少博物馆和特展。就我而言，我在享受旅游快乐的同时，也特别喜欢将旅途中的所见所闻、所经所历记载下来，详细了解其中的各种知识，研究其后面的历史背景。在这样的过程中，对一些事物的好奇、质疑乃至刨根究底的研究了解，一个又一个以前从未接触到的知识领域展现在自己面前，由此了解和学到了很多有趣的知识，增长了不少见识。这些知识也许对自己的职业没有太大的帮助，但它们给我的生活增添了很多的乐趣，也让我的旅游成为一种乐在其中的求知过程。

在几十年的国内外旅游经历中，我有不少有趣的发现，通过这些发现又进一步了解了涉及其中的更多知识。这本书取名为《旅途撷趣》，就是根据我在旅途中所见所闻的一些有趣片段收集整理而成的，涉及自然、历史、人文、风俗民情和传统文化等诸多方面的知识，希望对于您今后的旅游能有所帮助。

当然，我也不希望被动地将旅游变成一种强制的“寓教于乐”，如同学校和家长对孩子们的要求那样。但以一种积极开放的心态去尽可能地探索眼前的世界、去了解熟悉未知之事物，您的旅游将变得更加丰富多彩，而不仅限于“上车睡觉、下车拍照”。因为只有如此，即便旅途中的风景并不尽如人意，我们也无须在乎，因为我们已经见识到了一个新的世界，进入一些原本不知道的知识领域！

目录

第二篇　追寻历史的足迹　/ 029

第一篇

国外见闻

看起来很雷同的北欧国旗

在北欧旅游，我在芬兰的图尔库客运港候船时拍到了一张很有意思的照片，如下图：

五面旗帜并排在一起迎风飘扬，左边的第一面旗帜大家都认识是欧盟盟旗，而其他四面都有十字的旗帜则令很多人感到疑惑，常常不能准确地将这些国旗与其国家准确地一一对应起来。我查了一下资料，从左至右依次为欧盟旗、瑞典国旗、挪威国旗、丹麦国旗和芬兰国旗。

为何这四个国家的国旗上都有十字？这其实与欧洲宗教信仰基督有关。在中世纪的欧洲，宗教势力极其强大，因此他们将国王的神化往往会与十字、天使、基督等相联系，就如古时候中国皇帝自诩为天子，爱用龙来做象征一样。

追本溯源，北欧各国（还包括冰岛）的国旗图案都来源于丹麦国旗。古代丹麦曾是北欧最强大的国家，1397 年—1524 年北欧各国组成“卡尔马联盟”，这个联盟里有现在的丹麦，瑞典，挪威，芬兰，冰岛，格陵兰和法罗群岛，共有 124 万平方公里土地，人口 150 万，其中丹麦人就占了一半。丹麦在联盟中一直居主导地位，丹麦君主是联盟各国的共同君主，丹麦国旗也就对联盟各成员国产生重大影响，瑞典、挪威、芬兰和冰岛的国旗可以说是丹麦国旗的变体。丹麦国旗也叫作“丹尼布洛”（Dannebrog），图案为红地单侧长臂白十字。根据丹麦的史诗记载，这面旗帜并

看起来很雷同的北欧国旗。照片上由左至右依次为欧盟旗、瑞典国旗、挪威国旗、丹麦国旗和芬兰国旗

非由人设计，而是上天所赐。1219 年，在丹麦与爱沙尼亚的战争中，处于劣势的丹麦军队看见这面旗帜从天神的指缝中飘扬而下，一名丹麦士兵将其高高举起，丹麦军队即刻受到鼓舞变得勇猛异常，很快便反败为胜。从此这面旗帜就成为丹麦民族的象征。

按照照片上从左至右的顺序，北欧四国各国国旗的含义如下：

瑞典的国旗为蓝黄两色，黄蓝来自他们皇徽的基色。据称，在 1157 年，瑞典国王埃里克九世于远征芬兰前向神祷告，突然看到如同金色十字架的光芒横越青空。根据这个传说，蓝底金十字与蓝底金王冠的图案成了瑞典的国家象征。也有指金十字是来自瑞典福尔孔王朝（House of Folkung）中的金色十字架，并以蓝底为本而设计的。

挪威的国旗基色为红色，绘有蓝白色十字。挪威曾在 1397 年与丹麦、瑞典结成卡尔马联盟，为丹麦所统治，所以国旗上的十字源自丹麦国旗的十字图案，红白蓝三色是典型的自由与独立的标志。

丹麦国旗是现今仍在使用的国旗之中最为古老、历史最为悠久的一面，被称为“丹麦人的力量”。旗地为红色，旗面上有白色十字形图案，稍偏左侧。

芬兰的国旗为白色、蓝十字架。白色旗面上绘有一个偏向左侧的蓝十字（斯堪的纳维亚十字）。蓝十字将旗面分为四个白色长方形。旗面上的十字表示芬兰历史上与北欧其他国家的密切关系。白色象征白雪，蓝色象征天空和海洋。

罗丹《思想者》雕塑的最初原型

大都会艺术博物馆（Metropolitan Museum of Art）是美国最大的艺术博物馆，它是与英国伦敦的大英博物馆、法国巴黎的卢浮宫、俄罗斯圣彼得堡的列宁格勒美术馆齐名的世界四大美术馆之一，现在是世界上首屈一指的大型博物馆。

在大都会艺术博物馆参观时，我在罗丹的《思想者》这件展品前仔细观摩，展品说明上对于这件惊世之作的介绍，改变了我对《思想者》的原有印象。

这是大都会艺术博物馆中展出的罗丹《思想者》雕塑原型，原本是放在大型雕塑《地狱之门》的门顶上的

美国大都会艺术博物馆中对于《地狱之门》的说明

在我的印象中，《思想者》应是收藏于巴黎罗丹美术馆的那件，而且体积也远比我眼前的展品大。通过展品说明，我知晓了眼前这件展品才是《思想者》的最初原型。它出自于《地狱之门》，那是为巴黎装饰艺术博物馆而做的大门。罗丹在设计《地狱之门》铜饰浮雕的总体构图时，花了很大的心血塑造了这一尊后来成为他个人艺术里程碑的《思想者》，它是被预订放在未完成的《地狱之门》的门顶上的，原来被一些浅浮雕围绕着，所以尺寸仅为我眼前所见的 66 × 43.2 × 44 厘米（从照片中我头顶上的《思想者》原件的尺寸可以说明这一点）。后来由于这件作品的强烈艺术感染力，它被独立出来，放大 3 倍重新制作，成为日后人们所熟知的巴黎罗丹美术馆中的藏品。

赫鲁晓夫楼

在俄罗斯的莫斯科市内游览时，导游指着照片中的这栋楼对我们

前苏联时代的赫鲁晓夫楼

说，这样的楼房在俄罗斯称为“赫鲁晓夫楼”。现在，这种楼房在莫斯科之外的其他一些城市中也仍然可以看到。这些老旧的标准化公寓，就是在苏联时代大规模兴建的城市居民住宅楼。

导游的介绍为我们追忆了一段似曾熟悉的历史。据资料记载，随着苏联第一个五年计划开始实施，城市规模爆炸式扩张，住房严重短缺。为了在最短的时间内以最低的成本改善工人们的住房条件，赫鲁晓夫下令建筑师们开发一种可复制的建筑模式。1958 年，第一个实验住宅区在莫斯科南郊的切廖姆什基村开工。

“赫鲁晓夫楼”被设计成五层住宅（这样就免去了电梯费用），所有房屋的基础构件都在“住宅工厂”中事先生产出来。浴室和厨房也被组装好，甚至浴缸、炉子等基本设施也安装完毕，运到施工现场只要组装即可。和一般楼房由下至上的建筑顺序不同，它是由上至下的——在搭建好的钢筋结构上，先用起重设备把顶楼装上，再依次像搭积木一般把下面几层推上去。最后，工人们将所有组成部分用水泥连接完毕，把水管、燃气接好。整个过程不超过两周时间。

当然，屋内的生活却不这么乐观。虽然每家能分到一套公寓，但人均空间仍然不足 9 平方米。于是人们想尽办法来利用有限的空间，因而产生了折叠沙发床、可以拉出书桌的柜子、可以拉出餐桌的碗柜、藏在窗台下的天然冷藏柜等发明。桌子下面、床底下和一切能利用的角落都用来储物。到了晚上，厨房和走廊里都拉开了折叠床，就如同我国的城市居民在 20 世纪七八十年代那样。当年在基辅、辛菲罗波尔、莫斯科这三个城市，“赫鲁晓夫楼”有三种标准化公寓：30 平方米的一室户，44 平方米的两室户和 60 平方米的三室户。厨房都是 6

平方米，卫生间 4 平方米。一道长长的走廊连接着所有公寓，楼道里充斥着煮洋葱、土豆和鸡汤的气味。在屋里，左邻右舍的争吵声、婴儿哭声和各种无以名状的声响清晰可闻，因而谁家都没有秘密可言。

随着时间的流逝，虽然建筑本身尚可居住，但水电和采暖设施已经严重老化。到苏联解体之后，“赫鲁晓夫楼”越来越跟不上现代居住标准，成了赤贫落后的代名词。有条件的人搬进了新房，不愿再停留在过去的岁月。

2017 年 2 月，莫斯科市政府公布新一轮拆迁计划，8000 栋苏联时代房屋将被拆除，其中就有 1000 来栋“赫鲁晓夫楼”。对于这些有着深深苏联时代烙印的鸽子笼式住宅楼，至今仍然还有人带着浓浓的怀旧情绪感慨那段岁月的消逝，甚至呼吁保留一栋作为“赫鲁晓夫楼”博物馆，但现今多数的俄罗斯人对此无动于衷。

涅瓦河边的中国石狮子

在俄罗斯圣彼得堡的涅瓦河边漫步时，我看到一处伸向河边的台阶两边各有一座极具中国风格的狮子，就急忙走上前去仔细端详并用相机拍了下来。

这座石狮子连底座在一起有三米多高，底座分为三层，上面刻着许多俄文字母。我对这一对石狮子充满了好奇，极想搞清楚它的来历。凭我的直觉，像这种不远万里来到异国他乡的文物，肯定都有一段故事。正如美国哈佛大学校园中有座中国风格的龟驮碑，那是中国清朝派往哈佛的留学生捐给学校的礼物，它的背后映射着美国用清朝政府的“庚子赔款”培养中国学生的那段历史。当然，这对石狮子也不会无缘无故地从天而降来到这里，那么它背后的历史和故事是什么呢？

石狮子底座侧面刻写的文字，让人们可以追溯一段沙皇俄国对中国的侵略史

俄罗斯圣彼得堡涅瓦河边的中国石狮子。在俄罗斯圣彼得堡的涅瓦河边，离著名的“阿芙乐尔号”巡洋舰不远的这处下岸台阶两边，各立有一座中国风格的石狮子

我不认识俄文，但底座上刻的“1907”字样让我觉得这对石狮子应该与我国的清朝有关。

回来后，我根据照片上的文字查阅了俄文字典并请教了一位懂俄文的老工程师，原来上层底座上刻的是中文“狮子”的俄语拼音，中层底座上刻着“1907 年从满洲吉林府转运至圣彼得堡”，下层底座上刻的是“俄国步兵上将尼古拉·伊万诺维奇·格罗戴柯夫进贡”。根据这些刻字的译文，再查了一下资料，我终于弄清楚了这对石狮子的来历。

在中国，这样成对的石狮子一般放置在宅院大门口，名叫“狻猊”（suān ní），是中国古代用作镇宅驱邪用的吉祥兽。“满洲”是中国东北的旧称。格罗戴柯夫何许人也？他就是率领 17.7 万俄军 6 路进兵，1900 年“庚子俄难”中制造“海兰泡惨案”、“江东六十四屯惨案”的俄军统帅，是侵占我国东北全境的俄国阿穆尔省督军。当年，格罗戴柯夫所率领的侵略军以镇压义和团为名，一路烧杀抢掠，占领了东三省全境，一直到 1907 年才彻底从中国撤军，临走还抢走了这两个石狮子带回俄国，作为献给沙皇的礼物。格罗戴柯夫的最终下场不详，但是黑龙江省绥芬河市对面俄罗斯一侧的火车站名字叫“格罗戴柯沃”，就是以格罗戴柯夫的名字来命名的，这个站名一直沿用至今。

了解这段与石狮子有关的历史，我的心潮久久难以平静，这是一段让中国人蒙羞的苦难史！如果你去圣彼得堡游览，我想是没有任何一个俄国导游会将中国游客带到这个地方并以歉疚的心态来讲述这段历史的。历史是不该忘却的！我们牢记历史教训，是为了不让历史悲剧重演。倘若涅瓦河畔的这对石狮子有知，它也不愿意自己长期作为被征服者的象征摆在异国他乡！归来兮，涅瓦河畔的石狮子还有那被俄国侵略者抢去的一百五十万平方公里的沃土！

一台让人忍不住想捐款的机器

在德国的法兰克福机场转机，候机期间到机场的各处转了转，远远看到有一个人拿着一张卡片在一副海报上划过，感到有点奇怪，于是便走近瞧瞧。猛一看，这不过就是一幅普通的双屏海报。但其特别之处在于，中间有条奇怪的黑线，以及随机变换的两幅图片：被绳索捆绑的双手和一个完整的全麦面包。面对这个奇怪的东西，我充满疑惑而驻足在前。仔细阅读了上面的说明，我才知道这是德国的慈善公益组织 Misereor 在机场设立的自助刷卡捐款机。随后，有一个乘客手里拿着一张卡来到这台机器跟前，将信用卡从黑线的顶端插入，缓缓地往下移动，2 欧元随即从信用卡中扣除。与此同时，捆绑双手的绳索“啪”的一声断开，那双稚嫩的小手重获自由；不一会，又有一位女士来到机器前刷了一下，这一次画面显示的是厚实的面包片被切下，一只略显粗糙的手拿走它。面包被拿走后，屏幕上还会

德国法兰克福机场候机厅中的自助刷卡捐助机

刷卡至绳索处，捆绑双手的绳索“啪”的一声断开，那双稚嫩的小手重获自由。或刷卡后显示另一幅画面：厚实的面包片被切下

显示一句“感谢您的捐助”。这时，我才恍然大悟，原来这是一台用刷卡进行捐款的自助设备，轻轻一刷，代表了给世界上贫困家庭的孩子们粮食与自由。

眼前的此情此景，让我进一步加深了一个理念——做慈善，并非高不可攀。这轻轻地一刷，让民众在最直观的既视感中，获得前所未有的满足感。每一个普通民众捐助的 2 欧元，就能积少成多，切实地改善一个贫困家庭的生活质量。做慈善，也不是那样复杂繁琐，你只要拿出信用卡轻轻一刷，助人的愿望就可以马上实现。这个将自助刷卡机和公益海报连为一体的创意，改变了人们的捐助方式，拉近了人与人之间的距离，为民众沉睡的爱心找到一个最简单直接的通道。

这真是公益新科技，一台让人忍不住想捐款的机器。

德国免费公厕后面的故事

来到德国旅游，游客们几乎都要使用体验一下德国瓦尔公司的免费厕所，这被戏谑为“厕所游”。

在德国不少城市的街头，都会看到一些装饰新颖、科技含量高、干净整洁的免费公厕。游客们在里面享受堪比五星级酒店卫生间的惬意服务时，却很难将眼下这个可以用“奢侈”来形容的厕所与一个年赚 3 亿的创意联系起来。

据了解，在德国，任何个人和企业都有权经营公共厕所。因为德国的公共事业走的是市场化的路子，通过拍卖承包给一些企业来运作。对于在德国经营公共事业的企业，政府会在管理及政策上一路“开绿灯”，特别是公厕的经营。

德国政府规定，城市繁华地段每隔500米应有一座公厕；一般道路每隔1000米应建一座公厕；其他地区每平方公里要有2—3座公厕；整座城市拥有公厕率应为每500—1000人一座。在这样的要求下，经营厕所能挣钱吗？肯定很难挣钱，厕所在一个城市的分布是那么分散，修建和运营一个厕所的成本并不低，但上厕所的收费价格刚性又很强，很难涨价，加之如果遇到个内急的人没带钱或没有零钱，你说该怎么办？

而在德国被称为“茅厕大王”的汉斯·瓦尔则独具慧眼地看到了其中的商机。在1990年的柏林市公共厕所经营权拍卖会上他就跟政府说：你把这个厕所包给我，我敢接，而且承诺免费提供。当时，他们的竞争对手都认为瓦尔公司疯了。他们算了一笔账，即使按照每人每次收费0.5欧元的高价格计算，一年光柏林一个城市就得赔100万欧元。于是在缺少竞争、承诺免费建厕、只需交纳低廉管理费的情况下，汉斯·瓦尔一举拿下全柏林的公厕经营权。

德国的免费公厕，亦如其久负盛名的“德国制造”

既然是企业，肯定是赚钱为第一目标，瓦尔公司的盈利点显然不在厕所门口0.5欧元的投币口上，其实他们最大的收入来源是广告。瓦尔公司向市政府免费提供公厕设施，而且连这些设施的维护和清洁工作也全盘包揽，作为回报，瓦尔公司则获得了这些厕所外墙广告的经营权。它把柏林的很多厕所外墙变成了广告墙，加之瓦尔公司的墙体费用比一般广告公司低得多，什么香奈尔、苹果、诺基亚这些高大上的公司都在这儿做过广告，样子还很好看。

瓦尔公司可谓把厕所这点蝇头生意挖掘得淋漓尽致。他们不单在厕所外墙做广告，还将内部的摆设和墙体也作为广告载体。考虑到德国人上厕所时有阅读的习惯，他们甚至把文学作品与广告印在手纸上。由于瓦尔提供的公共设施大多出现在机场、火车站、旅游景点和商业街等繁华地段，因此其广告效应相当不错，广告收入由此成了瓦尔公司最大的盈利点，瓦尔公司居然靠这种广告收入为主的商业模式一年就能盈利几千万欧元。该公司在2003年战胜宝马和奔驰公司，当选德国最具创意企业。

会抽烟的蛇

从巴西里约热内卢市中心的机场出来，沿着海岸线向南行驶，看到海边屹立着一座纪念碑，十分抢眼，一问才知道，这就是里约热内卢著名的二战纪念碑。在我的印象中，第二次世界大战的战火并未烧到南美，那么位于南美的里约热内卢怎么会有二战纪念碑呢？这是一段怎样的历史，又隐藏着什么样的故事呢？好奇心驱使我去游览了这个听起来有点神秘的纪念碑。

听导游介绍又查询了一些资料才知道，这里纪念的是在第二次世界大战中牺牲的469名巴西军人，他们隶属于二战中鲜为人知的一支

巴西里约热内卢著名的二战纪念碑屹立在海边，地理位置十分抢眼。纪念碑设在3米高的平台上，总高38米。上平台要登26个台阶。纪念碑由碑门、无名烈士墓、纪念碑、三军战士雕像组成

部队——巴西远征军，当时一共有 25,334 人。

纪念碑展馆中的巴西远征军标志：抽烟的蛇。据说是因为要让巴西人上战场比让一条蛇抽烟还难

资料表明，第二次世界大战中，南美洲几乎是全世界唯一一片没有硝烟的乐土。南美洲几乎所有国家对于硝烟弥漫的战场也都是一副事不关己的态度。但是，巴西却是一个例外，它是唯一一个参与第二次世界大战的南美国家。

二战爆发后，美国积极说服南美洲各国加入同盟国阵营。特别是 1940 年至 1941 年，美国向巴西提供了为数不少的军事、技术和财政援助，还帮助巴西发展工业，同时巴西也成为美国重要的原材料供应国。而德国为了阻止美巴之间的合作，展开了对巴西海岸商船的攻击。巴西人之所以参与到二战之中的主要原因之一，是为了保卫自己的海岸线。与此同时，二战中美军最大的军事基地就位于巴西东北部海滨城市纳塔尔，巴西的海岸线全部面向大西洋，而其他南美国家绝大多数海岸线则是面向太平洋。因此，巴西的地理位置对于美国有着重要的战略意义，而这也决定了巴西会是南美洲唯一一个参加二战的国家。

终于，在美国的积极游说和按每人支付 2 万美元（这个数字是听导游介绍的，不知是否准确。这在当时对每个巴西家庭而言都是一笔巨款）的情况下，历尽一年的时间，巴西远征军克服重重困难组建完成。因此，这只远征军还获得了一个标志：抽烟的蛇。据说是因为要让巴西人上战场比让一条蛇抽烟还难。1942 年 8 月，巴西政府正式向德国和意大利宣战，1944 年 6 月 30 日，一支由美国训练和装备的 25,334 名巴西远征军陆军部队加入美军第五师，投入意大利战场，在战场上一共牺牲了 469 人，这在百年无战事的巴西就是非常巨大的伤亡了。为了纪念这些第二次世界大战中在意大利与同盟军一起阵亡的巴西远征军官兵，巴西政府于 1957 年 6 月修建了这座二战纪念碑，烈士的遗体就安葬在纪念碑地下的陵墓里。

其实，巴西在第二次世界大战中还有一件事至今值得我们称道。当时，日本侵略军的铁蹄要践踏澳门，曾同为葡萄牙殖民地的澳门向巴西求救。当时在巴西有上百万日本的移民，于是巴西以驱逐日本移民为要挟，警告日本人不得侵占澳门。日本人权衡再三，忌惮巴西采取报复行动而不敢占领澳门。巴西因此拯救了澳门，使澳门在二战中安然度过灾难。

看到了实实在在的“洪门”

去美国旅游，在美国芝加哥的中国城（Chinatown）转了一圈，发现国内难见踪影的洪门也在这里安营扎寨。

位于美国芝加哥市的洪门致公党党部

芝加哥中国城内一栋大楼上的“洪门致公堂”的牌匾，引起了我的好奇，洪门与致公堂有什么关系，致公堂与国内的民主党派致公党又有什么关系，其中的历史渊源是什么？

查阅得知，洪门是清末海外华侨的会党组织，旧中国的秘密帮会之一，于清咸丰、同治年间成立，“洪”取自明太祖朱元璋的洪武年号。该组织的最初目的是反清复明，总部设于旧金山，纽约、芝加哥等地设有分堂。而致公堂是洪门的一个海外分支机构，他们一致的对外称曰“天地会”或“红帮”，对内则称洪门。洪门主要在福建、广东及长江流域一带活动，随着淘金热，这些秘密会社组织逐渐蔓延至南洋及美国各地。1876 年，洪门致公堂在檀香山正式登记成立，接着致公堂在美洲普遍出现。1923 年 10 月 10 日，五洲洪门第三次恳亲大会在美国旧金山召开。会议决定改堂为党，成立中国致公党筹备委员会。1925 年 10 月 10 日，五洲洪门第四次恳亲大会在旧金山召开。大会决定以洪门致公堂为基础，组织华侨政党，定名为中国致公党。

通过这样追本溯源，总算基本上搞清了这段中国近代史的一个方面，不枉来这里一趟。

透过美国的发票想到的

下面显示的是一张我在美国消费的发票照片，这是我在 2012 年 6 月踏入美国时的第一笔消费，是在洛杉矶机场的麦当劳就餐后获得的。端详着这张小小的纸条，让我感触良多！我觉得从这张发票上至少可以引发我们三个方面的思考：

其一，发票上并没有我们在国内通常所见的公章，但有详细的商家信息以及税票机的编号。在美国，商家收到任何一笔款都要给付款人开具发票，哪怕是金额很少的消费！全国联网的税票系统用技术手段有效地防止了商家因不开发票而偷税漏税的行为。相反地，在中国就有很多商家不愿意主动为顾客开具发票，特别是在餐馆的小额消费，商家很多都是能赖就赖。或者是如果不要发票的话可以少收几块钱等等，这实际上就是一种逃税行为。

其二，发票上清晰地列明了顾客所消费品种的各项单价，而中国的发票基本上显示的只是一个总价，让一些希望多开金额的公款消费者有了更多的可乘之机。后来，我在其他地方也吃过麦当劳，发现市区里的价格与机场里的价格没有差异，而咱们

美国的就餐发票

国家在机场吃同样的东西恐怕要比机场外贵了很多，让很多乘客不愿在机场内消费。另外，我觉得发票上的单价确实应该让国内的麦当劳店家汗颜。发票上，一个巨无霸汉堡（BIG MAC）的价格为 4.29 美元，相当于人民币二十多元，与国内的巨无霸汉堡价格几乎相当，但要知道，美国人的平均收入折合成人民币的话至少是中国人的五、六倍以上，从这一点上也可看出两国生活水平之间的巨大差距。

其三，两国之间发票的不同映射出了一个深层次的问题，那就是公民的纳税意识问题。目前，我国的零售发票上，价格和增值税是合计显示的。比如一件物品的标价是 117 元，那么其中 100 元是物品的真实价格，另外 17 元（即增值税率为 17%）是商家代政府征收的增值税，不管最后商店是否盈利，只要消费一发生，消费者支付的金额中就包含了上缴政府的税金，即每个消费者都是纳税人。有件事令人记忆犹新：当年，美国超市沃尔玛进北京，为了与国际接轨，保障消费者的知情权，沃尔玛在购物小票上把价格与增值税分开显示，但沃尔玛的好意换来的却是在沃尔玛超市购物的大妈大娘们愤怒的骂声，她们说为什么国内超市都不额外收税，你沃尔玛却要在价格之外收税呢？不光是美国，欧洲国家也一直是把价格和税金分开显示的，让每一个消费者通过发票能明明白白地知道自己的每次消费为国家贡献的税金。比如，这张发票上清楚地显示你本次消费中缴纳的税金（发票上的 TAKE OUT TAX 项）为 0.84 美元，对应的税率为 8.7%。而中国的发票中，消费者看不到发票里包含的增值税，就很难会对自己在消费时的纳税有直接真切的感觉，也就难以产生纳税人的维权意识和主人翁意识。我想一旦有了直接的感觉，公民就会时时意识到自己是纳税人，才会有强烈的意愿监督纳税的使用。

所以，培育公民意识，应从发票开始！

有自己名字的铅笔

去日本前，朋友托我给他喜欢画画的女儿带一套日本芬理希梦（FELISSIMO）公司生产的500色铅笔。听了他的要求，我不以为然地说，铅笔还用得着去日本买吗？经过他的解释又查了一下资料，才知道朋友所讲的这套铅笔确实不同一般。

1992年，日本芬理希梦公司以纪念哥伦布发现美洲大陆500周年的名义推出“500色铅笔”，从此，这种有500种不同颜色的铅笔名字就开始在世界各个角落的画画爱好者中广为流传。

到了日本出售这种铅笔的商店后，现场一看，这一整套铅笔集合了姹紫嫣红青蓝灰白等500种色彩，如果你的色彩分辨力不是很好，那么恐怕你会在选择相近颜色上花费很多的时间，明亮、沉稳、鲜艳、深郁……你能想到或未能想到的颜色，500色铅笔都能满足。其实，同色系的铅笔相差极微，除了色彩专家，恐怕没人能真正分得清楚。但是！最有创意和最诗意的地方却在这里：每支铅笔都有自己的名字！让你提笔的同时根据每支笔的名字联想到一个小清新的铅笔故事，进而在故事中引发无限创意，提醒我们那些被淡忘的颜色，其实一直在那里存在着：月光下的松林，生着绿苔的石阶……

为了让购买者和拥有者能够方便地区别每一只铅笔，设计者用极具诗意的短句给每一种颜色的铅笔来命名，这些名字念起来，让人有一种

每只铅笔上都有一句富有诗意的短句，这就是这支铅笔的名字，而这一套彩色铅笔，居然有斑斑斓斓、深深浅浅的500种颜色。这些美丽的名字和色彩摆在这里，就让人充满心醉神迷的感觉

500种不同颜色的铅笔分装在20个包装筒中，每筒25支

诗朗诵的韵味：门槛上的月见草、梦中的草鞋、雨后莲叶下的蛙语、杨贵妃的梨花白、八十八夜的茶摘、云雨弥、圣诞冬青花环、马德里的桑格利亚汽酒、德里粉玫瑰、木棉花在风中飘舞……由于日本文字与中国文字的相似性，这里面的大部分名字我通过字面基本能够意会其中所要表达的意思，只有“八十八夜的茶摘”等几个在中国国内没有遇到过的短语一时难以理解。

后来，去一家茶叶店购买日本著名的抹茶，看到店里的宣传资料上也有“八十八夜的茶摘”的字样，才顺便弄清楚了“八十八夜的茶摘”是什么意思。

在日本，立春之后的第八十八个夜里，是茶叶色泽和口感达到最佳平衡的时间，茶农要择机抢收新茶。时间早了或迟了，茶叶就达不到最好的口感和色泽。而第八十八夜这个时候的茶摘，可以制出鲜美碧绿、味道浓郁的绿茶，再研磨成抹茶粉。这种用八十八夜茶摘做成的抹茶，以水冲开，绿得鲜艳明丽。以此为例，可见芬理希梦公司对铅笔颜色的命名，如此细致精确而又充满诗情画意，真是令人佩服。

遇上了旧金山同性恋大游行

每年 6 月是世界同性恋者的节日，长达一个月的庆祝活动中，在世界各个角落上演的“同志骄傲大游行”成为同性恋团体表示自己诉求的平台。其中以旧金山的同性恋大游行规模最大，也最为有名。这场游行每年都会在6月的第四个星期日举行，我在美国旧金山旅游时刚好遇上。

游行队伍自早上 10 点半开始从旧金山市区的 Market St. 和 Beale St. 交界点开始，到达市政大厅结束。旧金山连接 Ferry Building 和同性恋 Castro 区是一条斜路叫 Market Street（集市街）。这天的集市街禁止车辆通行，成了第 45 届同性恋骄傲游行的线路。游行所用的彩虹旗是为了 1978 年旧金山第 8 届同性恋骄傲大游行设计的，后来成了全球同性恋的象征。

参加游行的队伍特别多，一共有 225 个。从早上 10：30 到下午 16：00 不断地发出队伍。队伍各种各样。真没想到游行参加者类型这么多，规模这么大。我向在一旁看热闹的老兄了解了一下，参加游行的不仅是同性恋者，其实大部分是异性恋者，只是为了表示认可和支持或觉得好玩而参加。

旧金山市内的很多标志性建筑物顶上都插上了代表“同志骄傲”的六色彩虹旗

因为旧金山是美国 IT 企业的集中地，因此游行队伍中还有不少著名的 IT 企业的员工，这些年来最能把科技圈和同性恋联系起来的人就是苹果的 CEO Tim Cook 了，他本人就是一位同性恋者。一场同志大游行让我看到了一批和我们一样又不一样的人，也让我看到同性恋在这里不光合法，并且很骄傲。

旧金山的同性恋大游行日成为旧金山市的法定节日，这一天全市放假，市政府办公楼和一些标志性建筑都插上了代表“同志骄傲”的六色彩虹旗，警察上街为游行队伍开道并维持秩序，世界各地赶来的同性恋者汇集成浩浩荡荡的游行队伍，吸引了无数游客的目光，也让我开了一回眼界，想不到在西方国家，同性恋竟然可以这样张扬！

同性恋者游行队伍

奥斯卡颁奖剧院的名称变迁

到美国洛杉矶游览的游客，一般都会去逛一下著名的好莱坞星光大道。自 2001 年 11 月 7 日正式剪彩启用后，位于好莱坞星光大道上的柯达剧院不仅取代了中国剧院成为一年一度举办奥斯卡金像奖的颁奖剧院，更是各大国际剧团来到洛杉矶的首选剧场。柯达剧院（Kodak Theatre）原名好莱坞剧院，由于柯达相片公司出价一亿美元买下冠名权后，才被更名为“柯达剧院”。它是奥斯卡金像奖未来颁奖典礼的永久会场。剧院内部除了颁奖典礼的会场外，尚有一间广达 25,090 平方尺的豪华大宴会厅，由世界知名的厨师主厨，可以作为未来各项酒会、舞会和联谊的场所。

2012 年 1 月，美国胶片生产巨头柯达公司宣布破产，并要求解除为期 20 年的冠名权合同。随后，世界著名的音响设备制造商杜比公司接替取得冠名权，2012 年 5 月柯达剧院正式改名为杜比剧院。站在现在的杜比剧院门前，让我再次感到了曾经还是那么遥远的数码时代已经切切实实地来临了，柯达公司因不能与时俱进地适应数码时代的到来，仍然固守自己称霸一时的胶卷产业，其结果只能是落得个破产倒闭，再一次印证了市场经济的残酷。

“柯达剧院”现已改名为“杜比剧院”

达拉木马

享誉世界的瑞典达拉木马

在瑞典斯德哥尔摩市政厅的前廊上，有一件摆品吸引很多游客与之合影。这就是大名鼎鼎的达拉木马，如照片所示。在这里看到这匹木马，我有似曾相识的感觉，仔细一想，原来是在上海世博会的瑞典馆中见过。

提起木马，世界上最出名的大概有两匹，一匹是希腊传说中的特洛伊木马，另一匹就是瑞典的达拉木马了。别看达拉木马貌不惊人，它却是瑞典的象征，也是享誉全球最受欢迎的瑞典传统手工艺品之一。

说起达拉木马的起源，有着一段温馨的故事。据说在公元 17 世纪前后，在原始森林密布的瑞典中部达拉那地区，人们大多以伐木为生。工人们一旦进入原始森林，常常是一连数月，甚至要待半年时间。这些伐木工人待在山林里，特别思念家人和孩子，就有人想到用木头刻一些小玩具，回家时可作为给孩子的礼物。马之所以成为当时伐木工制作玩具时最好的模特，是因为在那个时期，伐木工人采下的原木要运到外面主要依靠马。为远行、驮货、干农活，瑞典几乎家家养马。所以马就成为伐木工及其家人最亲密的伙伴。经过几个世纪的传递，这种色彩斑斓的达拉木马也渐渐从孩子的礼物转变成瑞典国家的一种象征和标志。制作达拉木马的手工艺也代代相传，并成为如今瑞典仅少数保留至今的传统手工艺之一。达拉木马选用当地所产、质地坚硬的桦木为原材料，完全手工制造并且每匹都是独一无二的。在为达拉木马绘制花纹时，工人会发挥创造性，花纹的设计几乎是随心所欲的。

到瑞典的观光客，若想买点最有纪念性的礼品带回去，如果征询瑞典朋友的建议，大多数人一定会建议他们买达拉木马（Dalahast）带回去。在全世界有瑞典人的地方，都会看到达拉木马。

从神牛降龙雕塑看东西方对龙的传说的差异

在丹麦王国的首都哥本哈根，我看到了两座关于龙的雕塑，一座是市政厅广场的神牛降龙雕塑，另一座是国会大厦旁的古证券交易所屋顶上用四条龙尾绞成的尖顶。这两座形态不同的雕塑却反映出一个相同的主题，那就是对龙的征服。在我看来，这是比较有意思的，因为龙在这片国度里不但没有受到中国那样的崇拜，反而被作为一种邪恶的对象被屠杀。这也可看作是东西方文化差异的一个极好例子。

在东方国度，特别是中国，也包括印度、日本和韩国等，龙被视为一种高贵吉祥、受人崇拜的神兽，如皇帝身着龙袍自比为真龙天子。中国、印度的许多民族神话里的龙都可以呼风唤雨，具有强大的能力。

世界各民族都有类似龙形怪物的传说。它们的共同特征是：外形像蜥蜴、蛇、鳄鱼等爬虫类。如今西方通称的龙（Dragon），形象均来自波斯、希伯来、希腊、北欧神话，样子像巨大的蜥蜴或鳄鱼，四只脚，一对蝙蝠般的翅膀，有时颈和背上长刺，头上有尖锐的角，会喷火，血有毒等等。在西方的一些传说中，龙成了最恐怖最强大的生物：布满闪闪发光鳞片的身体，配上蝙蝠翅般的巨大双翼，仿佛能将天空整个遮蔽，它口中所吐出的烈焰，足以令金石化为熔流……这就是西方奇幻文学中龙的形貌。因而在西方文化中，龙比较邪恶，是英雄

丹麦首都哥本哈根市政厅广场上著名的神牛降龙雕塑

铲除的对象，它也仅仅是一种怪兽而已，没有非常神化，无论从形象和含义上都与东方有差异。在希腊神话中就有英雄屠龙的故事，因此从出现的时代来说，也不可能受东方影响。只能理解为“一方水土养一方人”，不同的生存环境和历史发展进程造成了东西方对龙的不同看法。

回到哥本哈根的这两座雕塑来看，神牛降龙雕塑反映的是北欧地区流传的圣乔治屠龙的传说：圣乔治是传说中基督教的殉教者。传说在利比亚的海边有一条毒龙，古时的人们由于惧怕龙的威力，每年都要向它贡献美丽的少女作为祭品。后来，圣乔治像一个中世纪的骑士一样出现在世人面前，他穿着坚硬的盔甲，骑着他的骏马与恶龙搏斗，骏马的两个前脚夹住龙的双翼，圣乔治则用长矛刺中了龙的咽喉。恶龙终被降伏，少女得救了。

这座雕塑建于1923年。在欧洲其他地方的圣乔治降龙的雕像中，圣乔治都是以手持长矛的骑士形象出现，但在哥本哈根市政厅广场的这座降龙雕塑中，圣乔治则化身为

在哥本哈根国会大厦（克里斯钦堡宫）旁边，建于1619年的股票交易所是荷兰文艺复兴式建筑。它的顶部是造型独特的龙尾塔，尖尖的屋顶上盘着四条龙尾绞成的造型，但龙头却匍匐朝下。这与东方那种龙头高昂、张牙舞爪的龙的形象截然不同。据说，这是当时的国王的创意。没有查到资料来说明这位国王用这种形式想要表达的意思，我猜想可能是这位国王想借助英雄屠龙的传说来树立自己的威望，臆想着将房子尖顶上四条龙缠绕的辫子作为他征服恶龙的战利品，拖着四条龙尾凯旋，以此来暗喻他的权力或英武

了一头神牛！于是圣乔治降龙喷泉，就成为神牛降龙喷泉了。雕塑中，神牛用双蹄踩住龙的双翼，使恶龙无法飞腾，再用牛角刺中了龙的咽喉，如此这般……恶龙终被降伏……少女得救了……这也算是精彩的故事!!

从喷泉边上攀爬的几条小龙的形象来看，充分体现了波斯、希伯来、希腊、北欧神话中关于龙的形象描述，样子像巨大的蜥蜴或鳄鱼，四只脚，脚上有利爪，一对蝙蝠般的翅膀，颈和背上长刺，头上有尖锐的角……

日本的厕所为什么那么干净

在日本旅游，你会发现不论是酒店的房间厕所还是街头上的公共厕所，都十分干净。

日本的厕所为什么收拾得那么干净？日本式洁癖是一个原因；但更重要的，恐怕跟日本人自古以来的神道信仰有关。据《古事记》记载，日本神话中开天辟地的女神伊邪那美弥留之际，排泄出大便，化为土神波迩夜须毗古、波迩夜须比壳；排泄出小便，化为水神弥都波能壳、谷物神和久产巢日。这些由伊邪那美的大小便化成的土神、水神、谷神，统称起来其实都是“厕神”。

日文中，“雪隐神”、“手水场神”、“闲所神”、“后架神”等，都是对“厕神”的爱称。去掉这些称呼后面的那一个“神”字,“雪隐”、“水手场”、“闲所”、“后架”等，都是厕所的意思。“雪隐”据说是佛教临济宗对厕所的称呼。曹洞宗则称厕所为“东司”。现在去日本的禅寺，还经常可以看到寺院内竖起一枚木制“东司”看板。乌枢沙摩明王则是守护“东司”的本尊。

据了解，过去日本人建造厕所时，都要打造一男一女两个“便所神”埋在地基处供奉，以求厕神庇护。人们相信右手接住小便，而左手接住大便的厕神，会保佑自己和家人身体健康。在日本的某些地方，至今还保留着“雪隐参”的传统：抱着刚出生的新生儿去参拜厕神。

巴西的公斤饭

来到巴西，如果不去吃上几顿“公斤饭”，那绝对是件令人遗憾的事情。甚至可能被人戏谑为“到了一个假巴西”。

巴西有种餐馆被大家亲切地称作“公斤饭馆”，有点类似自助餐，进去以后拿盘子，挑自己喜欢吃的菜肴往里盛，可供选择的菜肴很多，有肉类、烤鱼、水果、蔬菜，有著名的黑豆饭，有热菜、甜点等。选完之后，需要拿着盘子去过秤，不分菜肴的种类单价都一样，均按总重量收费。根据店的装修和定位不同，价格也在每公斤 60 雷亚尔（巴西货币名称，约合人民币 120 元）到每公斤 100 雷亚尔（约合人民币 230 元）不等。我 1998 年到巴西出差时，巴西币雷亚尔对人民币的汇率为 1：5.5，那时吃一顿公斤饭只要十多个雷亚尔，但这些年巴西的经济不景气，雷亚尔贬值很厉害，现在雷亚尔对人民币的汇率

这是我的第一顿公斤饭，称重时显示不包括盘子的食物重量为 0.814 公斤，价格总计为 53.64 雷亚尔

这家离我们住宿酒店不远的“VIENA（维也纳）”公斤饭餐馆，因为经济实惠，是我们吃得最多的一家餐馆

这是“VIENA（维也纳）”公斤饭餐馆的价格牌，最上面一行是饭菜的价格为 100 克 /6.59 雷亚尔；中间为饮料的价格；下面为甜点的价格。饭菜按称重计费，饮料和甜点的价格另算

这天遇上了“VIENA”做活动，饭菜的封顶价格为 29.9 雷亚尔，你可以放开肚子吃

为 1∶2.2，所以吃一顿公斤饭也比十多年前贵多了。如果你选择了昂贵的后者，一般都能够吃到生猛海鲜，选择前者只能吃到巴西本土的家常菜了，当然牛肉、鸡肉和普通烤鱼等也应有尽有。

公斤饭是巴西人在外面吃饭时最普遍的选择，它的优点也显而易见。首先就是快，在巴西吃饭，不论你吃小汉堡还是一顿大餐，通常都要等待很长时间，而公斤饭就免去了这一漫长而无聊的时光。其次是简洁明了，可以直接看菜肴选用，不用纠结于那些没有图片的葡文菜单写的是什么，还可以根据自己的胃口和口味选择搭配方式。第三是自己交钱付账时，可以清楚知道自己这顿吃了几斤……经过与巴西人的交流，了解到“公斤饭”之所以在巴西如此普遍，主要是经济实惠。20 世纪 80 年代，巴西经济状况不佳，人们不得不节衣缩食。于是，方便省钱的“公斤饭”应运而生，逐步成为上班族的“公共食堂”，也是外国游客们到巴西旅游的特色体验。

在“公斤饭”餐馆就餐，既可以近距离地体验巴西百姓的日常生活，更重要的是丰富可选的食物特别适合中国人，热腾腾的米饭、面食、水果、蔬菜、烤肉等都是我们喜欢的，特别是还有很多巴西独有的热带水果，在国内根本见不到，颜色鲜艳、口味独特。所以，在“公斤饭”餐馆一顿下来，我们有时都为自己的食量吃惊，竟然可以吃下那么多，摸摸自己鼓胀腆突的肚子然后看看同伴，大家不禁哑然失笑。

身材比脸蛋更重要

在巴西圣保罗市的拉美民俗博物馆门前，有一座造型夸张、没有头部的女人裸体雕塑，高耸的乳房、紧致的翘臀，经典地表现了巴西女人丰乳肥臀的体型特征。这其实也强烈地反映出巴西人的审美观念：身材比脸蛋重要！

提到巴西，人们就会想到足球、桑巴舞，想到热力四射的狂欢节嘉年华，想到大庭广众之下，衣不遮体以暴露为美的巴西性感女郎。行走在巴西，不仅在一年一度的狂欢节可以看到如云的巴西性感女郎，在夏日的海滩甚至大街上也随处可见。那些自认为身材不错的女孩会穿得少之又少，尽可能地将自己的美妙身材展露出来，令其他国家那些从事特殊职业的女郎也相形见绌。

那么是什么养成了巴西女郎敢着暴露装的传统呢？巴西由于地理和历史原因造成了目前多民族的融合现象。巴西是一个只有 500 来年历史的国家，先民又是来自天性热情的葡萄牙拉丁人，以及崇尚自由的吃饱了就唱歌跳舞的非洲人。在这里，爱情至上的拉丁人不像英国人、德国人和法国人那么墨守成规，看重门当户对。他们喜欢谁就跟谁生孩子，因此有人形象地将巴西当地人形容为“牛奶加咖啡”，拉丁白人与非洲黑人以及黄种的印第安人你混我，我混你，最后混成了咖啡色人。当咖啡色人成为巴西主体的时候，很多家庭都有三种颜色的背景，那种原有的颜色隔阂相比北美洲和邻居阿根廷就少多了。从遗传学基因越远越优的道理来看，咖啡色混血人的身材也是凹凸有致，十分完美。因为他们集合了黑、白、黄三种人的优点。其实，所有的动物

巴西圣保罗市拉美民俗博物馆门前的女人裸体雕塑

即使是大妈级的女人，也会毫不顾忌地展现自己的好身材，穿着布料极少的比基尼大方地行走在人群中

在温度较低，需要穿得比较厚实的时候，女孩子们也喜欢穿高弹力的紧身裤将自己的美臀展现出来

都是自恋的，不自恋的人是因为没有自恋的条件。就像练健美的人最开心的是脱衣服得到观者的赞美一样，巴西人喜欢暴露身材，也是源于巴西人拥有好身材的比例特别高，因此这里也是全世界著名的模特集中营。

巴西美女喜欢暴露身材还有一个原因是巴西的温暖气候和地理特点。在别的国家大街上美女着比基尼，帅哥着三角裤你会觉得很夸张，但你在巴西最著名的旅游城市里约热内卢就绝不会有这种感觉，因为城市左右两边都被海滩夹着，闹市的高楼后面，很可能转一个弯就是沙滩。因此就算在熙熙攘攘的菜市场见到泳装男女，你也会习以为常了。

巴西还是一个女多男少的国家，在脸蛋基本被先天决定后，后天还可以继续完善的身材就成了女孩子们吸引异性的主要利器。无论是在运动场还是健身房，都有很多女孩子在努力地健身练体，尽量使自己的身材更加性感。估计巴西的美女也觉得挺冤的，咋就得罪了老天爷生在了巴西呢？要想引人瞩目还要与那么多的竞争对手比着脱，比着露。你说她们要想出人头地，吸引眼球，那得PK掉多少魔鬼身材的美女呀？！

第二篇

追寻历史的足迹

“龙马负图处”应该在什么地方？

在开封包公祠中，立有这样一块碑，上书“龙马负图处”。看到这样的情景，如果知道“龙马负图”这一典故出处的人就会说，这个碑放在这儿，其实是牵强附会了。

真正的龙马负图处不在包公祠，也不在开封，而是在河南省洛阳市孟津县会盟镇的雷河村。那儿有个龙马负图寺，始建于晋代，距今已有1600余年，该寺因有龙马“负图出于孟河之中”而得名，寺中立有一通正宗的“龙马负图处”的巨碑。

开封包公祠中的“龙马负图处”石碑

“龙马负图”的典故大意是说，相传在上古时期，我们的人文始祖——伏羲氏带领部落在黄河一带繁衍生息，过着茹毛饮血、时序不辨、结绳记事的生活。其时，一头龙头马身的怪兽，从黄河上踏波而来，兴风作浪，祸害百姓。伏羲见状，义无返顾地纵身下河与之搏斗，经七天七夜的较量，终于降服了龙马。伏羲后以龙马背上蕴含天机之图点（“河图”），仰观天象，俯察法地，以其纹创造了乾、兑、离、震、巽、坎、艮、坤为内容的卦图，后人称为伏羲八卦图。伏羲用阴阳八卦来解释天地万物的演化规律和人伦秩序，造书契、正婚姻、教渔猎，结束了人们茹毛饮血、结绳记事的蒙昧历史，开创了华夏文明，因功勋卓著而名垂万代。

孟津龙马负图寺中所立的“龙马负图处”碑

认识一种古老的乐器——埙

中国最古老的特有吹奏乐器——埙

这是在北京首都博物馆《河南殷墟妇好墓考古发掘40周年特展》中展出的展品，这三件其貌不扬的展品其实也不简单，大小如鹅蛋，称为“陶埙”。据《说文解字》：壎（念xūn），乐器也。以土为之，六孔。“壎”字亦作“埙”。埙是中国最古老的特有吹奏乐器之一，音色悠远圆润。最早的埙是7000年前新石器时代的陶埙，只有吹孔没有音孔。至商代，埙发展为五音孔，可以吹出七个音，材质也有陶、石、骨制等。妇好墓出土的三件陶埙在尖顶处开有吹孔，下腹部有五个音孔。

相传埙起源于一种叫作“石流星”的狩猎工具。古时候，人们常常用绳子系上一个石球或者泥球，投出去击打鸟兽。有的球体中间是空的，抡起来一兜风能发出声音。后来人们觉得挺好玩，就拿来吹，于是这种石流星就慢慢地演变成了埙。最初埙大多是用石头和骨头制作的，后来发展成为陶制的，形状也有多种，如扁圆形、椭圆形、球形、鱼形和梨形等，其中以梨形最为普遍。

埙在中国的音乐历史上主要用于历代的宫廷音乐。在宫廷音乐中，埙分成颂埙和雅埙两种。颂埙形体较小，像个鸡蛋，音响稍高；雅埙形体较大，音响浑厚低沉，常常和一种用竹子做成的吹管乐器——篪配合演奏。在中国最早的诗歌总集《诗经》里就有“伯氏吹埙，仲氏吹篪”这样一句话，意思是说兄弟两人，一个吹埙一个吹篪，表达和睦亲善的手足之情。

成都金沙遗址博物馆的镇馆之宝——“金沙太阳神鸟”金箔饰

对于成都金沙遗址博物馆，可能很多人没有去参观过。但说到它的镇馆之宝——“金沙太阳神鸟”金箔饰，或许你可能曾在不同场合中见过它身影的化身，因为这个金饰的图案现在已被作为“中国文化遗产标志”。如果去金沙遗址博物馆参观，你会发现它的尺寸并没有你想象的那么大，只是一张拳头大小的圆形金箔而已，因此一定要在其展柜前多停留一会，仔细端详一下它的风采。

馆中展出的“金沙太阳神鸟”金箔饰，形制为圆形，内有镂空图案，外径 12.5 厘米，内径 5.29 厘米，厚 0.02 厘米，用很薄的金箔制作而成，在工艺上采用了娴熟精湛的锤揲与切割技术。其圆形金箔上的镂空纹饰，如同一幅均匀对称的剪纸图案，可能使用了相应的模具，精心切割而成。无论是纹饰的整体布局或图案的细微之处，都一丝不苟。金箔上，飞鸟的嘴角线细如发丝，清晰可辨，足见 3000 多年前，古人雕刻工艺的精湛。通过对“太阳神鸟”金饰进行成分分析，确定其含金量达到了 94.2%。系先用自然沙金热锻成为圆形，然后经过反复锤炼，最后根据相应纹饰的模具进行刻画和切割，体现了中华民族对太阳崇拜的习俗。

成都金沙遗址博物馆中的“金沙太阳神鸟”雕塑

根据专家对“金沙太阳神鸟”金箔图案的分析，其图案的寓意可谓丰富且深刻。图案分为内外两层，内层图案中心为一镂空的圆圈，周围有十二道等距离分布的象牙状的弧形旋转光芒，代表一年十二个月周而复始。外层图案是四只逆向飞行的神鸟，引颈伸腿，展翅飞翔，首足前后相接，围绕在内层图案周围，排列均匀对称，代表金鸟负日翱翔宇宙的神话传说也代表着春夏秋冬四季轮回。整幅图案极具动感的视觉效果，无论是外层的四只飞鸟，还是内层旋转的太阳，好似一个神奇的漩涡，又好像是旋转的云气或是空中光芒四射的太阳，表现的正是古蜀人对太阳神鸟和太阳神的崇拜和讴歌。十二道太阳光芒与四鸟的“十二”与“四”是中国文化经常使用的数字，诸如十二个月、十二生肖、四季、四方等，表达了先民们对自然规律的深刻认识。

“金沙太阳神鸟”金饰是古代先民“天人合一”的哲学思想、丰富的想象力、非凡的艺术创造力和精湛的工艺水平的完美结合。

一个“千古之谜”

有些很不错的景点，或因交通不便，或因宣传不够而成了“养在深闺人未识”的璞玉，在四川的宜宾市至云南的昭通市之间的崇山峻岭中就掩藏这样一块“璞玉”，那就是被称作“入滇第一关”的豆沙关及与之相伴的豆沙古镇。

豆沙古镇，古就古在关河南岸绝壁上的僰人悬棺。虽是悬棺，亦是悬题。豆沙关僰（与“博”同音，我国古代西南地区的少数民族）人悬棺至今没有确切的答案，“上古遗存，天下奇迹”的称誉一点也不过。

僰人悬棺，位于豆沙镇石门关口、关河南岸悬崖绝壁半腰间，距关河水面约 60 余米高处的一天然斜洞内，洞内现存有悬棺 9 具 11 件，造型别致，工艺精湛。据史料称：僰人是夏朝遗民，商朝的战俘，骁勇善战，善骑射，周武王伐纣时，立下赫赫战功。武王封其首领为僰侯。在今四川宜宾建“僰侯国”。僰人分为：南广河流域支系；横江流域支系；南盘江流域支系。豆沙僰人属横江流域支系。僰人先祖是一个游牧民族，因居有定所，后为农耕民族，农业畜牧业都较发达，尤精于种植果木。在战国时期就以富有著称于世。在明朝万历年间，封建统治者对僰人发动灭族大战后，僰人就改名换姓，融入了民族大家庭之中，只留下了绝壁上的悬棺。这些高高在上的悬棺，历经数百年的风雨浸洗，千秋岁月的磨砺，更显现了一种精深玄奥的神秘。

豆沙古镇绝壁上的僰人悬棺

据悉，在云南省的昭通地区，悬棺葬的分布相当广泛，在永善的黄华，盐津县的底坪、灵棺岩，都有悬棺遗迹。其中，又以豆沙悬棺、棺木岩悬棺和瓦石悬棺最为著名。科学技术高度发达的今天，即使借助现代化的机械要将这样大的物品安放到这样的悬崖峭壁上也是很困难的，那么千余年前，人们究竟如何安放？又为何安放？成为一个千古之谜！面对人类的这一杰作，人的智慧、人的伟力同样令人惊叹！

豆沙关五尺道

我去过不少地方，见过好几处古代“茶马古道”留存的遗迹，但我觉得保存最好、最具有看头的当属这修建在现四川省宜宾市至云南省昭通市之间崇山峻岭中豆沙关（石门关）扼锁的秦五尺道。

秦五尺道位于豆沙石门关口，现存长约 350 米，宽 1.7 米，是迄今

五尺道上的马蹄印

云南豆沙关茶马古道上的秦五尺道

秦五尺道上保留最长、最完好、马蹄印迹最多（243个）的古驿道。五尺道的历史可以追溯到公元前3世纪。秦国占据巴蜀后，秦蜀守李冰采用了积薪烧岩之法，修筑了从僰道县（今宜宾）经石门关，到千顷池（昭通）的第一条内地入滇通道——“僰道”。秦朝建立后，在统一“度、量、衡”的过程中由常頞在僰道的基础上，将路又修到了建宁（现云南省曲靖市），道宽五尺，故称“五尺道”。从此，五尺道成为内地入滇的一条大通道。石门关也成了内地通往云南的重要门户。汉武帝时，唐蒙再次在五尺道上“凿山开阔、以通南中，迄于建宁……”，史称“南夷道”。隋代古城堡雄居于豆沙古镇南约500米处的五尺道间，始建于隋朝，是利用五尺道雄奇险峻的自然形势，用大石条砌成的一座军事性城堡，城门上题刻着“石门关”三字。这是通往古南滇的第一关，关内为中原地界，关外则为蛮夷之地。以前有一尺二厚的两扇门，门一关，门杠一顶，中原和边疆两面就隔绝了。有一夫当关，万夫莫开之险。

这深深的马蹄印让人感慨：这哪是一匹、两匹马的足印，这可是千万匹马历经数千年的无数次踩踏，无数次磨砺才形成的。不知有多少匹负重跋涉的马在滑入这脚印时发出了痛苦的长嘶？！想想，这条古道曾经累垮了多少马匹，熬死过多少客商，见证了人世间怎样的变迁？

穿越时空的交通博物馆
——跨越数千年的五道齐聚奇观

这张照片展示的是世界上绝无仅有、跨越千载时空的五道齐聚交通风景线奇观。站在云南省昭通市豆沙古镇的豆沙关关口前，眼前的公路、铁路、河道水路、五尺道一并展现在眼前，由左至右依次为朱提江水路、内昆铁路、滇川公路、秦五尺道和水麻高速公路。五道跨越千载时空的交通线路在此汇聚，恰如一座穿越数千年时空的交通博物馆，道出云南千年史，堪称“交通活化石”。

云南豆沙古镇的五道齐聚奇观

最古老的“冰箱”

冰箱现在已是家庭中不可或缺的家用电器，但您见过三千多年前不用电的冰箱吗？在北京首都博物馆《凤舞九天——古代楚国出土文物展》中就展出了这样一个神奇之至的“冰箱”。

这是展览中的一件青铜器展品（如下面照片所示），若不看展品下面所附的说明，我真猜不出它是做什么用的。阅读说明后让我难以置信，这是人类历史上迄今为止发现的最早的、最原始的“冰箱”。1978年出土于湖北随县曾侯乙墓中的青铜冰鉴，长宽均为76厘米，高63.2

两千多年前战国时期的青铜冰鉴

厘米。据鉴定，这只青铜冰鉴是两千多年前战国时期的一件冰酒器。

没有电也可以有冰箱吗？眼前的这件“神器”十分肯定地回答了这个问题。从这件巧夺天工的青铜器物品可以看出，我们的先人是何等的聪颖，在电还没有发明的时代，只需运用简单的物理学原理就可以实现。冰鉴的运作原理很巧妙，它是一件双层的器皿，在鉴内置有一缶，放在正中，鉴上方附有带镂空花纹的盖子，盖子中间有一方口，正好可套住缶的颈部，同时，鉴的底部也有活动机关，将缶牢牢固定在鉴中。由于鉴与缶之间有较大的空隙，所以到了夏天，便在空隙处放置冰块，再将缶内装入美酒，从而起到降温作用，饮用之时，冰冽醇香，十分受用。虽然是简易的物理方法，但在科技手段落后的奴隶制社会，这已经是值得后人赞叹不已的巧思了。将这种器物称之为“冰箱始祖”也是有据可循的，《周礼》上记载：“祭祀共（供）冰鉴。”据考证，“冰鉴”就是古代最早的冰箱，其诞生时间，通过文字记录可上溯至周朝。作为生活器用之物，“冰鉴”最初的使命就是为了满足统治阶层对于提升自身生活品质需求的，于是诞生地也被定格在了宫廷之中。

秦始皇刻石有多少？

河北省昌黎县北的碣石山，是秦始皇于公元前215年出巡时所到之处，并在此立下了著名的碣石刻石。碣石山景区的《碣石山记》（如下面照片所示）也以“秦皇汉武刻石纪功”一句记载了此事。其实，秦始皇出巡时所立刻石远不止碣石山这一块。

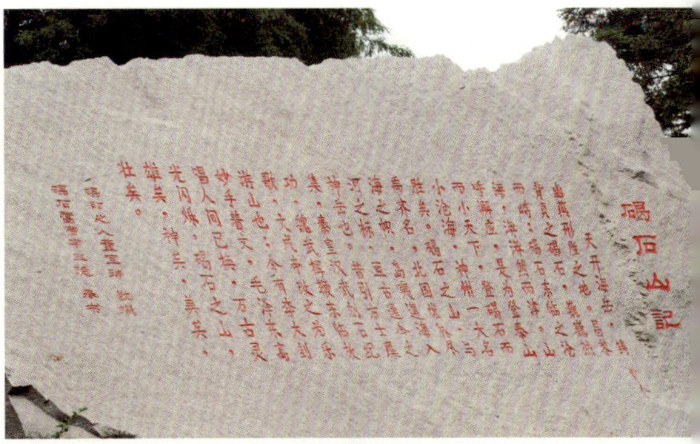

秦皇岛碣石山的《碣石山记》

公元前 221 年，秦始皇多次巡游天下，每到一地，就令大臣刻石“以颂秦德”。前后共留下七块刻石：公元前 219 年，秦始皇东行，登邹峄山（今山东邹城境内）立峄山刻石、上泰山立泰山刻石、至琅琊（今山东省胶南市西南）立琅琊刻石；公元前 218 年，秦始皇东巡，登之罘山（今山东烟台福山区境内）立之罘刻石，到之罘东观，立东观刻石；公元前 215 年，秦始皇出巡，北至碣石（今河北省昌黎县北）立碣石刻石；公元前 210 年，秦始皇南巡，至会稽（今浙江省绍兴南会稽山）立会稽刻石。秦二世继位，带李斯等大臣，沿秦始皇巡幸的路又走了一遍，所到之处，“尽刻始皇所立刻石”。所以，所谓秦刻石，是始皇、二世两次所刻。今所存者，唯琅琊刻石与泰山刻石，前者字多但剥蚀模糊，后者字少但较为易读，皆为稀世珍品。

两千多年前的“环保节能灯”

这是北京首都博物馆的《南昌海昏侯国考古成果展》中展出的一件展品，名为“青铜雁鱼灯”，我曾在中国国家博物馆中也见过有一件类似的藏品。这件距今已有两千多年的汉代照明用具，完全可以称得上是“环保节能灯”。它系由青铜制成，整体作鸿雁回首衔鱼伫立状。雁眼圆睁，颈修长，体宽肥，身两侧铸出羽翼，双足并立，掌有蹼。雁喙张开衔一鱼，鱼身短肥，下接灯罩盖。雁鱼灯由雁首颈（连鱼）、

古代的青铜雁鱼灯

雁体、灯盘、灯罩四部分套合而成。雁颈与雁体以子母口相接。鱼身及雁颈、体腔均中空相通。灯盘圆形，直壁，浅腹，内有两道直壁圈沿。一侧附灯柄，可控制灯盘转动。盘下有圈足，与雁背上的直壁圈沿以子母口套接。灯罩为两片弧形板，其上部插入灯盘内的直壁圈沿中，可左右转动开合，既能挡风，又可调节灯光的照度。灯火点燃时，烟雾通过鱼和雁颈导入雁体内，防止了油烟对室内空气的污染。雁鱼灯的四个部分又可自由拆装，便于擦洗。该灯构思设计精巧合理，达到了功能与形式的完美统一，是一件难得的艺术珍品和节能环保的照明用具。

古代的出国护照

我们现在出国旅游或工作，都需要“护照”和“签证”。那么，在古代出国也需要吗？回答是肯定的，古代出入关口“护照”同样必不可少。比如像我国现在主导发展的“一带一路”经济带上的“丝绸之路”，在古代就是著名的国际通道，那时可谓关卡重重，玉门关、阳关、嘉峪关等都是古代著名的关隘，不论是由陆上出发还是从海上航行，都要途经许多国家和地区，每到一处关隘，都要验证才能放行。只是古代出关所需的证件那时不叫“护照”，而称为“传”或“过所”等。个人如果想办理出关的证件“传”或“过所”，可以向朝廷下属的相关管理机构提出“因私申请”，进行办理。

我国的护照制度是从古代的过关凭据符、传、节、验、过所、文引等通行证件逐步发展起来的。西汉以后，随着中外交通的发展，出入境人员不断增加，通行证的作用也发生了变化，由原来用于国内通行的凭证演变为出国持用的执照。此类证明主要有以下几种："旌节"亦称"旄节"，西汉时，专用于出国使者；"过所"，为汉、唐和宋初时所用；"勘合符"，是明代为管理中外官方贸易而实施的一种特许证明，主要发给东南亚和日本等十余个国家。

下面照片所示的就是一种古代的"护照"，这是于1973年在新疆阿斯塔那墓出土的唐代石染典"过所"，这件"过所"就相当于我们现在的护照。

其实，早在先秦时，远行便需要持有证件。《周礼·地官》"掌节"条记载："凡通达于天下者必有节，以传辅之。无节者，有几则不达。"大概意思是，远行必须持有"节"，同时还要有"传"作为辅助凭证。如果没有"节"，被查到就走不了了，还要进监狱。这种"节"，功能上便相当于今天的护照，而"传"则是一种文字补充材料，供出关时进一步核查。当年，不同身份、不同地方的人持有不同的"节"：守邦国的诸侯用"玉节"，守都鄙的公卿大夫用"角节"，山地国用"虎节"，平原国用"人节"，多湖国用"龙节"……同时，还需要刻有文字说明的辅助材料"竹箭"以备验。

古人称"节"和"传"这种出行证件为"路证"。"传"是中国最早的出行证件之一，没有"传"，再有名气的人也无法出关。《韩非子·说林上》记载：当年鸱夷子皮侍奉田成

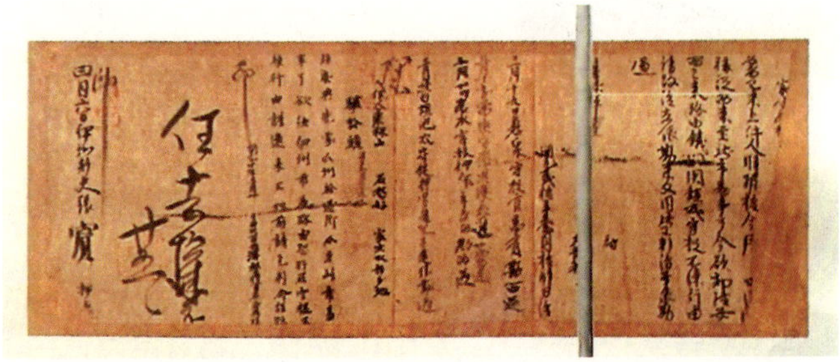

唐代西洲商人石染典持"安西"所发过所，从瓜州去沙洲贸易，过所上有途中悬泉、长乐、苦水、盐池等地戍守官员的勘验记录

子，田成子离开齐国逃往燕国，鸱夷子皮就是背着出关证明跟随着的，此即所谓“负传而从”。

先秦时，“传”由两块木板制成，长5寸，一块板上刻写持有者的信息，另一块板用来封盖，封盖上要有负责官员（御史）的印章。可见，中国早在先秦时，已有完善的通关出行制度。

“传”在汉朝时又称为“过所”，东汉刘熙《释名·释书契》称：“传，转也，转移所在执以为信也，亦曰过所，过所至关津以示之也。”从魏晋时起，官民外出均须持有“过所”。

“传”还称“棨”。考古发现，在古丝绸之路经过地区都有不同时期、不同朝代的“传”、“棨”和“过所”，证明当年丝绸之路上的远行者都须持有证件。如在当年必经的军事边关重镇居延（今内蒙古自治区额济纳旗东南）发掘出的大量汉简中，就有不少“传”、“棨”一类“路证”。

一种曾经在我国历史上流行过的宗教

北京首都博物馆展出的景教十字寺石刻

照片上的这件展品为“景教十字寺石刻”。这看似不怎么起眼的石刻，背后却有十分浓厚的宗教渊源。它是最早进入我国的外国宗教——景教的标志。景教系基督教的一个分支，元代称景教教徒和教士为“也里可温”。景教是继承东方教会主教聂斯脱利的基督教（天主教会）分支宗派之一。该教在唐朝时期传入中国译作景教，起源于今日叙利亚，被视为中国官方最早承认的基督教派，唐朝时曾在长安兴盛一时，并在全国建有“十字寺”，但多由非汉族民众所信奉。

唐贞观九年（635 年），大秦国（拜占庭帝国，也有人认为是波斯）景教教士阿罗本来到长安，唐太宗李世民本着“示存异方之教”的开放政策，派当朝宰相房玄龄“迎于西郊，待如嘉宾”，之后得到太宗的接见，史载：“翻经书殿，问道禁闱。深知正直，特令传授。”贞观十二年，唐太宗特许景教教徒在长安义宁坊兴建庙寺一所，初称“波斯寺”，后更名为“罗马寺”、“大秦寺”。并提供经费支持，所敕诏书上有“道无常名，圣无常体，随方设教，密济群生。”的说法，足见唐朝政府对景教的扶持。

唐高宗时，尊奉阿罗本为“镇国大法王”，并下诏于诸州建景寺，使景教得以广泛流传。有不少教士成为唐朝的政府官员，据学者考证，高宗时御医秦鸣鹤就是景教教士。武周时，武则天尊奉佛法，景教受到佛僧的猛烈攻击，景教教士只好集资亿万于洛阳建“大周颂德天枢”，教士阿罗汉更将景教教义佛教化，终使武后大悦，得以继续发展。唐玄宗开元年间曾使景教教士到兴庆宫讲道，亦曾命宁国等五亲王到景寺礼拜，设立坛场，并陈列先王之遗像供人礼拜。而且玄宗更邀约罗含和普罗等十七名教士一起做礼拜，传福音。唐肃宗时，曾重建灵武等五郡的景寺，且命教士伊斯效力中兴名将郭子仪，据说郭子仪受其影响信奉了景教。伊斯因协助郭子仪平定安史之乱有功，被皇帝赐予紫衣袈裟。从公元 635 年开始，景教在中国顺利发展了一百多年，与袄教及摩尼教并称唐代“三夷教”。然而，好景不长，公元 845 年，唐武宗会昌年间，武宗听信道士赵归真，发动一场声势浩大的灭佛运动，被佛教界称为“会昌法难”。尽管灭佛运动针对的是佛教，但城门失火、殃及池鱼，包括景教在内的其他宗教都受到沉重打击，从此景教在唐朝的地位一落千丈。唐僖宗年间的黄巢起事，又有不少景教徒被屠杀，景教遭到了毁灭性打击。

元朝建立后，不少色目人来到中国，使景教在中国又重新兴起。

据马可波罗的《马可波罗游记》记载，元代时，北京、大同，甘肃的敦煌、肃州、甘州、凉州，宁夏、新疆的喀什、叶尔羌、伊犁，东南的扬州、杭州、镇江、温州、泉州等地都有景教徒和景教寺。据近几百年来在泉州出土的大量景教文物，可知泉州是当时中国南方景教传播的中心。蒙古的克烈部（Kerait）、汪古部（Ongut）两部族都信奉景教，他们的主教曾一度与当时来华的天主教传教士发生冲突。元朝的景教被称为“也里可温”。著名的传教士列班扫马还远行万里，访问了西欧各国，成为最早到达西方的中国人。

明朝建立后，明太祖朱元璋大力扶持儒、释、道三教，对其他宗教进行了压制，景教再度衰微，但并未绝迹，社会上一直存在着“十字架教派信徒”的活动，持续了有两个世纪。直到十六世纪中后期，天主教传教士开始展开中国传教工作，景教才从中国绝迹。

现在全中国只有香港特别行政区还有聂斯托利教派的信徒，他们都是九十年代末期从中东地区来香港经商的信徒，人数并不多。香港的聂斯托利教派主教除了负责牧养香港的信徒以外，还要同时兼顾东亚及东南亚等地区的所有信众。

通过这个景教十字寺石刻，使我了解到了原来还有这样一种外国宗教曾经在我国存在并流行过。

“唐三彩”是哪三彩?

在不少博物馆中，都可以看到闻名于世的“唐三彩”文物展品。唐代是中国封建社会的鼎盛时期，经济上繁荣兴盛，文化艺术上群芳争艳，唐三彩就是这一时期产生的一种彩陶工艺品，它以造型生动逼真、色泽艳丽和富有生活气息而著称。唐三彩的生产已有 1300 多年的历史了，它吸取了中国国画、雕塑等工艺美术的特点，采用堆贴、刻画等形式的装饰图案，线条粗犷有力。唐三彩在唐代时期作为随葬品使用，用于殉葬。

唐三彩骆驼

唐三彩是汉族古代陶瓷烧制工艺的珍品，全名为“唐代三彩釉陶器”，在同一器物上，黄、绿、白或黄、绿、蓝、赭、黑等基本釉色同时交错使用，形成绚丽多彩的艺术效果。1905 年，陇海铁路洛阳段修筑期间，在古都洛阳北邙山发现一批唐代墓葬中有大量的这种陶器，后来人们习惯地把这类陶器称为“唐三彩”。

其实，“三彩”是多彩的意思，并不专指三种颜色。唐三彩是一种低温烧制的釉陶器，在色釉中加入不同的金属氧化物，经过焙烧，便形成浅黄、赭黄、浅绿、深绿、天蓝、褐红、茄紫等多种色彩，但多以黄、褐、绿三色为主。它主要是陶坯上涂上的彩釉，在烘制过程中发生化学变化，色釉浓淡变化、互相浸润、斑驳淋漓，色彩自然协调，花纹流畅，是一种具有中国独特风格的传统工艺品。唐三彩在色彩的相互辉映中，显出堂皇富丽的艺术魅力。唐三彩用于随葬，作为明器，因为它的胎质松脆，防水性能差，实用性远不如当时已经出现的青瓷和白瓷。

云台山茱萸峰名存疑

云台山是河南省境内的国家 5A 级旅游景区之一。海拔 1308 米的茱萸峰是云台山的最高峰，在云台山的所有景点中它的景色并不突出，

云台山茱萸峰

且是最难爬的一个景点。我想能够吸引无数游人不辞辛劳地攀登，主要还是由于景点介绍中将它作为唐代著名诗人王维《九月九日忆山东兄弟》一诗中的情景地而引得大家纷至沓来。

在《云台山旅游指南》中介绍茱萸峰时，说道“唐代大诗人王维曾登临此峰写下‘……遍插茱萸少一人’的千古绝句”。在茱萸峰登山道的入口处，还立了一座少年王维的雕像，雕像基座上除了刻有王维的《九月九日忆山东兄弟》一诗外，还特别注明“公元718年，弱冠之年的王维慕名而至，恰逢重阳登高之节，思胞弟王缙作之”。乍一看，确像煞有介事，让游客们对茱萸峰名来源于王维的这首佳作深信不疑。但在后面的登山过程中让我对这个说法逐渐有了怀疑。

这种怀疑起源于我在登山沿途对茱萸的寻找。我少年时曾有过几年跟着老中医采集中草药的经历，对这种果实可以入药的植物（为中成药“十全大补丸”、“六味地黄丸”的重要成分之一）还是比较了解的。看了景点的旅游指南后，在攀登茱萸峰的途中我都在仔细查找，一株都没有见到。追问导游，支支吾吾地说“古时候有，现在没有了”。我在景区内的其他景点也同样一无所获。询问当地摆摊的百姓，都说从来没有在山上见过这种植物。仔细一想，这种生长在我国南方的常绿小乔木，确实是不可能在此处看到的。“皮之不存，毛将焉附？”既然茱萸不可能在这里生长，那么王维又怎么可能在这里“遍插茱萸”

呢？这一突然冒出的疑问，引起了我对茱萸峰名进行考证的兴趣。

回到家里，我开始查阅相关资料。还真有所收获。首先从王维的经历查起，看他是否真的登临过此“茱萸峰”？王维是我非常喜欢的诗人，他的诗句通俗易懂、朗朗上口但又意境深远！世有“天才李白，地才杜甫，人才王维”之说。他的许多佳句脍炙人口、妇孺皆知。例如《九月九日忆山东兄弟》一诗中的“独在异乡为异客，每逢佳节倍思亲。”《相思》一诗中的“红豆生南国，春来发几枝；愿君多采撷，此物最相思。”《送元二使安西》一诗中的“劝君更尽一杯酒，西出阳关无故人”等，言简意赅，意境深远，用极为精炼简洁的语句就深刻地表达了人们的精神境地。

那么，《九月九日忆山东兄弟》这首诗真是王维在云台山的茱萸峰上写的吗？从有关资料来看，有以下方面的理由可以证实《九月九日忆山东兄弟》一诗不可能是在云台山的茱萸峰上所作：

首先是时间和行程不对。《九月九日忆山东兄弟》一诗是王维 17 岁时所作，按照王维出生于公元 701 年计算，则这首诗应写于公元 718 年。而据史料记载，王维唯一一次路过河南是在公元 721 年的秋天。有关文献中对王维在河南的行程记述得很清楚，他一路乘船顺黄河东下，而且几乎每到一地都以“一山一诗，一水一吟”的方式留下诗作，但没有只言片语提到过云台山。其次，这首诗题中的“山东”并非是今天的山东省，而是指“华山以东”。王维的老家在山西蒲州（今山西永济），诗人所在的长安（今陕西西安）相对于山西蒲州自然是“华山以西”，“山东”只是一种符合地理方位的说辞。而云台山位于山西蒲州的东面，如果他在云台山写这首诗，则写成“忆山西兄弟”岂不更为妥帖？此外，古人在九九重阳节爬山登高时，身上常佩带插有茱萸枝（一种香气辛烈的植物）的袋子（茱萸囊），用以祛邪避恶，怀念亲人。王维借“茱萸”的典故表达思念之情，与云台山的茱萸峰没有任何关系。

以上分析验证了景区管理者将此山峰与王维诗中的茱萸牵连在一起是没有根据的。

公道杯与曲水流觞

在首都博物馆《香港回归祖国二十周年特展——香江雅集》上展出的展品中，有件展品称为“公道杯”，展品的说明如下：

青白釉菊瓣形公道杯，北宋瓷器，直径为11.9cm。观其外表，菊瓣形，平底。杯内隆起，上有小孔，底开四孔，以便注水，其外剔刻花蕊，其内中空，置一活动小人于其中。当杯中注水时，小人即会因浮力升出，并加旋转，依小人停落面朝方向决定饮者。

由此说明看来，这个公道杯是当时人们用来随机决定饮酒次序的用具。不言而喻，这种借助公道杯来调节席间气氛的方式显然比我们今天在酒席上经常看到的硬逼式劝酒甚至灌酒要文雅得多。这与我国古代民间的“曲水流觞”习俗有异曲同工之妙。

曲水流觞，原是中国古代民间的一种传统习俗，后来发展成为文人墨客诗酒唱酬的一种雅事。夏历的三月上巳日人们举行祓禊仪式之后，大家坐在河渠两旁，在上流放置酒杯，酒杯顺流而下，停在谁的面前，谁就取杯饮酒，意为除去灾祸不吉。这种传统历史非常古老，最早可以追溯到西周初年，据南朝梁吴均《续齐谐记》：昔周公卜城洛邑，因流水以泛酒，故逸《诗》云“羽觞随流波”。

而在历史上，最有名的曲水流觞活动当属由书圣王羲之组织的兰亭曲水流觞。史料记载，永和九年（353年）三月初三上巳日，晋代贵族、会稽内史王羲之偕亲朋谢安、孙绰等42位全国军政高官，在兰亭修禊后，举行饮酒赋诗的“曲水流觞”活动，引为千古佳话。这一儒风雅俗，一直留传至今。当时，王羲之等在举行修禊祭祀仪式后，在兰亭清溪两旁席地而坐，将盛了酒的觞放在溪中，由上游浮水徐徐而下，经过弯弯曲曲的溪流，觞在谁的面前打转或停下，谁就得即兴赋诗并饮酒。在这次游戏中，有十一人各成诗两篇，十五人各成诗一篇，十六人作不出诗，各罚酒三觥。王羲之将大家的诗收集起来，用蚕茧纸，鼠须笔挥毫作序，乘兴而书，写下了举世闻名的《兰亭集序》，被后人誉为“天下第一行书”，王羲之也因之被人尊为“书圣”。而《兰亭集序》也被称为“禊帖”。

《香港回归祖国二十周年特展——香江雅集》上展出的公道杯

包公的龙头铡到底是铡的什么部位?

在开封的包公祠中，展示了传说是当年包公处决罪犯用的三口铜铡。分别称为“龙头”、“虎头”和“狗头”铡。相传龙头铡是用于处死犯法的皇亲国戚，虎头铡用于处死违法的贪官污吏，狗头铡是用于处死违法的刁民恶棍的。

在我们以往所看过的有关包公的电视剧、电影中，每当有包公用刑处死皇亲国戚的镜头，展示的都是将囚犯的脑袋或脖颈置于铡口，只听得包大人一声“开铡”，囚犯的脑袋旋即滴溜溜滚了下来。

那么，电视剧或电影中所用“御刑”——“龙头铡”的铡法对不

开封包公祠中的龙头铡

龙头铡特写

对呢？其实不对！

“龙头铡”究竟如何用？这需要了解“铡刑”是一种什么刑罚。其实，宋朝实行的铡刑是“腰斩”，古已有之。这是一种极其残酷的刑法，一直延续到清朝雍正年间。传说中宋朝包拯也是借着皇帝“御札”的谐音制作了三口“御铡”，“皇帝口中无戏言”，事后只得予以承认，三口威风凛凛令贪官污吏、不法贵胄丧魂失魄的“御铡”从此以后摆在了开封府大堂上。

既然“铡刑”是一种“腰斩”之刑，那么电视剧肯定铡错部位了。“铡刑”到底是怎么施刑的？这可以从有关古典小说中的描写略知一二。如小说《三侠五义》第十五回“斩庞昱初试龙头铡 遇国母晚宿天齐庙”中就有详细记载：

“包公登时把黑脸放下，虎目一瞪，吩咐：‘请御刑。’”“……将龙头铡抬至堂上，安放周正。王朝上前抖开黄龙套，……马汉将他（指庞昱）丢翻在地。四名衙役过来，剥去衣服，用芦席卷起，拿草绳束了三道。张龙赵虎二人将他抬起，走至铡前，放入铡口，两头平均。……包公将袖袍一拂，虎项一扭，口说‘行刑’。王朝将彪躯一纵，两膀用力，只听咔嚓一声，将恶贼腰斩，分为两头一般齐的两段。”

你看，写得多详细！就连王朝、马汉、张龙、赵虎这四位行刑汉子的分工都格外详细具体。四人中，王朝的任务最重，抖开黄龙套的是他，最后按动铡刀的还是他。马汉是专门拿人的，看来马汉有的是力气，拿犯人就像捉小鸡一般。四名一般的衙役只起过渡作用，管着剥衣服、拿芦席、草绳捆绑三道。这之后就是张龙赵虎两人的事了，将犯人“抬起，走至铡前，放入铡口，两头平均”。当然了，两人还有具体分工，张龙抬着犯人的头部，赵虎抬着犯人的腿部。

还有一种公道杯

在首都博物馆《香港回归祖国二十周年特展——香江雅集》上展出的展品中，除了上面所述的公道杯外，还有一件展品也称为“公道杯”，乍一看以为这两件展品的功能是一样的，后来仔细一看说明才发现两者的用途还不一样。这个公道杯的说明如下：

古时人们用以对付贪酒者的公道杯

钧窑月白釉公道杯（元、直径 10.3cm），杯内拱形结构，并有空隙供水流入，杯中注水，孔内小人便随之浮现，精巧奇趣。公道杯又名“漏水杯”，盛酒最为公道，盛酒时只能浅平，不可过满。据说古时人们曾用公道杯对付贪酒者，斟酒如超过高度，则会全部漏光。

由此杯的说明可见，这种公道杯与上面所说的公道杯作用大不一样，前者具有罚酒性质，而这一种则是防止贪杯者多吃多占。足见古人在这方面的考虑十分周到。

“洪洞县里无好人”——一个被误解的流传

到山西的大槐树寻根祭祖园旅游景区旅游，发现这个景区居然位于很早就听说过的洪洞县内，是全国以“寻根”和“祭祖”为主题的民祭圣地。

说起洪洞县，很多人虽然没有去过这个地方，但名字却是应该听过的。这主要缘于流传颇广的京剧唱腔《苏三起解》里的一句唱词：“洪洞县里无好人。”

其实，这完全是一种以谬传谬的误解。原本在剧本里唱的是洪洞县衙里没好人，结果，后来被不明就里的人们误传成“洪洞县里没好人”了。

京剧《苏三起解》说的是，明代正德年间，北京前门怡春院姑娘苏三与落榜书生王三公子一见钟情，两人一起相处了半年，风花雪月。王三公子钱花完后，被人从怡春院里赶了出来。苏三异常心痛，从此茶饭不思，无心梳妆，于是被老鸨卖给了来自山西洪洞县的马贩子申鸿。后来申鸿被人害死，苏三被诬告成杀人凶手，关进了监狱。县官被买通后，苏三被屈打成招，判了死刑，只等秋后问斩。这所关押苏三的监狱非常有名，是中国古代最早的一所县级监狱，因为苏三曾在此关押，现在通常叫作“苏三监狱”。

苏三的故事后来被编成了戏曲，戏名叫作《玉堂春》，是中国京剧里著名的传统曲目。这曲戏里叫作“苏三起解”的一段唱腔最为有名，演的是苏三被押解赴京时的情景。当时苏三唱道：“苏三离了洪洞县，将身来到大街前；各位父老听我言……”苏三还悲奋地唱道：“越思越想越伤情，洪洞县里无好人！”这一句“洪洞县里无好人”随着这曲戏，后来传遍全国，人人皆知，洪洞县于是乎成了“坏人窝”的意思，人们不但常常以此取笑洪洞县的人，还把坏人集中的地方也叫作“洪洞县”，这使洪洞县的老百姓很难堪，也很不服气。

这就出现了一个问题：苏三是被当时少数洪洞县官员陷害，与洪洞县的老百姓无关，为什么苏三要骂所有的洪洞县的人呢？照理苏三不会无缘无故地把洪洞县的所有“父老乡亲”一棍子打死。

其实，问题出在人们对“县”字意思的理解上。“县”的繁体字写法是“縣”，原为“悬挂”的意思。《说文》中说：“县，系也。从系，持县会意。”县又假借为“寰”，为州县的县，是为行政区划单位。县制起源于春秋，推广于战国，定制于秦代。县是古代诸侯

陕西省洪洞县的大槐树寻根祭祖园

掠土、列国争霸的产物，约公元前690年首先出现于楚国。设县是作为一项控制新征服地区的权宜之计，因为新近征服而且较远，故临时设一机构以“系之”，因此名“縣”。战国后，县成为较定型的地方区域制度。秦代设县，直属中央，分上、中、下三等。以后历代都长设不废，为中国最基本的基层行政单位。中国2000多年的县制具有承上启下的作用，上承郡、道、府、州、省，下接乡、里、区、村、甲、闾等。

我们现在通常把县理解为一级行政区划，一般指的是该县所管辖的全部区域。但其实县所指的对象范围有一个变化的过程，所以县就有多层意思。县首先是指“县治”、“县衙”，如三国魏·邯郸淳《笑林》中有“遂缚诣县”。这里就是说把人绑了送到县衙里去。我们现在的口语里通常说“县里派来的”、“县里来的通知”等等，无疑都是指县一级的行政单位，是从“县衙”派生出来的。县其次是指“县城”，即县治所在的城镇。我们通常说“到县里去”，就是到县城里去。县最后才是指“县域”，即一县级行政区内之所有范围，这是我们现在通常所用的意思。如此看来，苏三所说的“洪洞县”应该是指洪洞县衙。

一棵最有名的树——山西洪洞大槐树

曾经，在山东、河南、河北、安徽……乃至大半个中国，都流传着这样一首歌谣：“问我祖先何处来，山西洪洞大槐树。祖先故里叫什么，大槐树下老鸹窝。”这棵位于山西省临汾市洪洞县的大槐树之所以声名远扬，与中国历史上规模最大、范围最广、有组织、有计划的一次迁徙有关。

发生在明朝洪武、永乐年间的这次移民大迁徙时间跨度长达50年

洪洞大槐树寻根祭祖园中的大槐树

之久，大规模官方移民 18 次，涉及 1230 个姓氏，迁往京、冀、豫、鲁、皖、苏等 18 个省、500 多个县市的移民后裔数以亿计。而歌谣中所唱道的“大槐树”所在之处，就是当年居民外迁的统一出发点。经过六百年的辗转迁徙，繁衍生息，而今全球凡有华人的地方就有大槐树移民的后裔。洪洞大槐树早已在炎黄子孙心中深深扎下了认祖归宗之根，被当作“家”，被称为“祖”，被看作“根”。因此，这棵大槐树也成了很多人寻根祭祖的寄托之处。

晋南是山西人口稠密之处，而洪洞又是当时晋南最大，人口最多的县。据记载，明朝时在洪洞城北二华里的贾村西侧有一座广济寺，寺院宏大，僧众很多，香客不绝。寺旁有一棵“树身数围，荫遮数亩”的汉槐，车马大道从树荫下通过。汾河滩上的老鹳在树上构窝筑巢，星罗棋布，甚为壮观。明朝政府在广济寺设局驻员集中办理移民，于是大槐树下就成了移民集聚之地。

北京的“营”与山西的“县”

准备利用周末的时间到北京郊区游玩一下，提前做出游前的功课，查阅北京地图时无意间发现一个有趣的现象。北京的大兴和顺义等区的有些地名和山西的县名相同，只是在末尾多了一个“营”字，比如霍州营、解州营、河津营、长子营等。为何会出现这种情况呢，查阅了相关资料，得知原来这还与明朝时那几十年的山西大移民有关。

据史料记载，元朝时，北方游牧民族把华北平原的大量农田改为牧场，致使河北和北京地区的农民失去赖以生存的土地。元朝统治者还把全国人民划分为蒙古人、色目人、汉人、南人四等，为了逃避奴役和压迫，河北和北京地区的大量老百姓背井离乡，翻山越岭，流落到以太行山为屏障的山西境内。元朝末年，战乱频繁，民不聊生，“时兵革连年，道路皆榛塞，人烟断绝”。明初，朱元璋命徐达率军北伐，得胜后发现，华北地区荒草遍野，老百姓流离失所，大多数地区“积骸成丘，居民鲜少”。可那时的山西，尤其是晋南地区，由于山河险峻，幸免战乱，社会相对安定，人口繁衍日盛，加上大量难民流入，已经人满为患。

于是，洪武二十一年，也就是公元 1388 年 8 月，朝廷户部郎中刘九皋谏言：眼下河北各地，战后土地大量荒芜，人烟稀少，山西地区的百姓，人丁兴旺，应该命令他们中的一部分居民迁移到土地多的地方开荒种地。如此一来，国家不仅可以增加税收，老百姓也可以安居乐业。明太祖朱元璋采纳了这个建议，于是，一场声势

北京市大兴区地图的一部分

浩大、由官方组织的移民行动就这样开始了。

明成祖（燕王）朱棣通过“靖难之役”夺得皇位以后，为了加强北方的统治，迁都北京，也需要继续填充大量的人口。于是，他在位的21年间，也从山西移民8次，使今天的大兴凤河地区成了移民的落脚地。据统计，如今北京大兴区的526个自然村，就有110个村落是由当时山西移民组建的，山西和大兴也因此被紧密地联系在了一起。

然而，移民们背井离乡，必然思念故土。为了让移民早日落叶生根，以达到平衡全国人口，发展繁荣北方地区的目的，明朝地方官吏破例允许从山西来到北京地区的移民可以使用原籍县名命名其落户的村落，只是为了区别原籍，需加一个“营”字。同时，这样做也是为了移民后代不忘前辈千秋伟业，不忘祖宗来龙去脉，留有印记。于是，在北京的大兴就有了石州营、孝义营、沁水营、解州营、霍州营、黎城营、蒲州营、潞城营、绛县营、屯留营、大同营，还有一个地方干脆就叫山西营，并留下“山西有多少县，大兴就有多少营”的佳话。而在北京的顺义，也因为上述原因，出现了河津营、夏县营、稷山营、东绛州营、西绛州营、忻州营、红铜营、赵全营等，只是个别村名因年代久远，读白或者谐音的缘故，改变了原有的字意和发音。例如，红铜营当初实为洪洞营，赵全营则系赵城营。

国之瑰宝——转轮藏

北京智化寺的第二进院内有智化殿及东西配殿，西边为藏殿，面阔三间，因殿堂正中立着一具转轮藏而得名，这是国宝级的文物。

工作人员介绍说，北京现共有三个转轮藏，除智化寺这个外，余下两个分别藏于雍和宫和颐和园，但都不对外开放。雍和宫和颐和园

北京智化寺藏殿中的转轮藏

的转轮藏都是清代所制，而智化寺的转轮藏是明代所制，已经有560余年的历史，年代更久远，显得尤为珍贵。

智化寺藏殿中的转轮藏，全高4米多，外观呈八面棱柱体，分为底座、藏经柜和柜顶三部分。转轮藏（这里的“藏”意为容纳收藏）是收藏佛经能旋转的橱柜，佛教取法轮常转，自强不息之意。

转轮藏是一个八面的棱柱体，中部为金丝楠木的藏经柜。每面各有上下9排纵向5列共45个藏经的抽屉，八面总计三百六十个，可藏三百六十部经卷，数量与一年的天数基本吻合。过去，信徒围着转轮藏走一圈就表示诵读完了一年所要读的经书。这是佛教信徒们为了尽快成佛，尽早登上极乐世界想出的一个很直观的简便方法。

每个藏经抽屉表面都雕着一尊佛像，坐在双层莲花座上。藏经抽屉按照千字文的顺序排列，更适合汉族佛教徒的检索习惯。在游览时，我想起了千字文的开头的那一段：天地玄黄，宇宙洪荒。日月盈昃，辰宿列张。寒来暑往，秋收冬藏。闰余成岁，律吕调阳。云腾致雨，露结为霜。于是按照这个开头段的文字顺序与藏经抽屉上的文字对照起来查找，果然抽屉的编号顺序依据千字文按顺时针方向填写的。如照片中间的两个抽屉，右边抽屉左上角为“秋”字，而左边抽屉右上角为“收冬”二字，左边抽屉左上角为“藏”字，这四个字按从右到左（也是顺时针方向，与佛教徒转经的方向一致）连起来读就是“秋

转轮藏局部

转轮藏的藏经书抽屉

收冬藏”，正好是《千字文》开头段中的第三句。

《千字文》是封建社会时的启蒙读物，每一个上过学的人都会背，用这种方式来进行检索编码，这在没有计算机检索体统的年代，确实也是一种很不错的检索方法。

历代帝王庙前下马碑的作用

历代帝王庙在北京市阜成门大街上，明嘉靖间以保安寺故址建，用于祭祀历代帝王。

到历代帝王庙游览时，您可曾注意到有两块很特别的石碑？这就是历代帝王庙大门两侧的下马碑。这两座石碑的正反面上分别用汉、满、蒙、回、藏文字刻写的“官员人等至此下马”。意思是指文官武将及随行人员，来至此处必须下马步行而过。

下马碑是昔日皇家设立的谕令碑，是一种显示封建等级礼仪的标志，以示对皇帝、圣贤、先王的恭敬。早先，北京城内设立有下马碑

历代帝王庙前下马碑的正面

历代帝王庙前下马碑的反面

的地方有十多处，在皇城四门（天安门、地安门、东安门、西安门）外、紫禁城四门（午门、神武门、东华门、西华门）外、阜成门内历代帝王庙门外、成贤街的孔庙门外，都设立有下马碑。

在下马碑前下马，除了当事人在此表示对皇帝、圣贤、先王的恭敬外，还要在此接受锦衣卫士的安全检查，文武大臣应召进宫觐见君王，不许携带兵器、刃器，否则，即属于违例，要受严惩的。

从前，在阜成门内历代帝王庙门前左右两旁各树有一座牌楼，上书“景德”二字，两通下马碑，就是设立在牌楼之外明显位置的。两个牌楼之间的街道称景德街，这是北京历史上最早的步行街。凡是骑马路过此街的人，都必须在东面的景德坊下马碑前下马，或在西面的景德坊下马碑前下马，然后步行通过景德街。

记载表明，景德街实施下马步行之制，是从明嘉靖朝开始的。直到 1911 年辛亥革命推翻大清封建王朝，“官员人等”至此才不再下马。新中国成立之后，为了疏导城市交通，庙前的两座景德牌楼拆除了。牌楼两侧的下马碑在拓修景德街路面时，被埋于地下。后北京市政府投资重修历代帝王庙，将两通下马碑出土，重新设立于历代帝王庙外。

此“援朝”非彼“援朝”

徜徉在山东青州古城的街道上，那一座接一座的古牌坊很是吸引游客的目光。据记载，历史上的青州古城内牌坊众多，不下三十座，显示出当时青州经济发达、文化繁荣、人物鼎盛的景象。

在我国古代，牌坊主要有两种作用，一种是作为整个建筑群的附属和标志；一种是用以旌表贤人名达或倡风导俗。我看了一下，青州古城街道中的牌坊基本属于旌表贤人名达的类型。

这是冯琦太子太保坊。定居青州的冯氏世家共立有五座牌坊。分别为祖孙父子兄弟进士坊、一门科第坊、冯琦太子太保坊、三世天官学士坊和三世宗伯学士坊。冯琦，字用韫，号琢庵，万历五年进士，

山东青州古城街道上的古牌坊

这座牌坊的抱柱联上有“援朝凯旋”的字样

楹联的下联也是赞扬冯琦在朝鲜享有崇高的声誉

官至礼部尚书，卒后赠太子太保。冯琦是明朝后期重臣、文学大家，是青州的精英人物。他的业绩显著，卒后，朝廷仍封他为大学士。过去传有“死后入阁，冯琦一人”的美赞。

这幅抱柱联上联中的“援朝凯旋”可不是指 20 世纪 50 年代初的中国人民志愿军的“抗美援朝”，而是指的明万历年间，明朝应朝鲜（当时还是中国的附属国）的请求发兵援助击退日本侵略的事件。明神宗果断出兵援助朝鲜，在中国历史上留下了浓墨重彩的一笔，冯琦也在此事上立有大功，故在此楹联上赞美了一番。

顺治皇帝的出家隐居处

在北京市石景山区的天台山上，隐藏着一座曾经十分神秘的寺庙，名叫慈善寺。这座寺庙创建于明万历十五年，在清朝的鼎盛时期是北京地区香火最旺盛寺庙，每到开庙头三日，善男信女就会蜂拥而至，皇亲国戚更是选择到此求神拜佛。这座寺庙之所以显得很神秘，是因为据传这就是清朝顺治皇帝的出家隐居处。山门上的匾额为康熙皇帝亲自手书的“古刹慈善寺”，这从一个方面佐证了慈善寺当年的辉煌，也给康熙皇帝的父亲顺治皇帝在此隐居的传言提供了脚注。

清朝顺治皇帝（1638 年—1661 年，清世祖，清朝第三位皇帝，同时也是清朝入关后的第一位皇帝，康熙皇帝的父亲）在其年富力强的

23岁时突然撒手人寰，成为清朝十大奇案之首。也有传闻顺治皇帝并非暴毙，其身后事有两个版本的说法，一是看空尘世，一个人悄悄地离开皇宫，来此慈善寺隐居；二是出家并圆寂于五台山。总之，顺治皇帝的失踪成了中国历史上著名的一段难解之谜和悬案，慈善寺也因此传闻而增加了神秘感。

伏魔殿中顺治的塑像。后壁上张挂着据说是顺治帝所做的七言308句，其中看空尘世的意思十分明显

慈善寺中的伏魔殿，也叫古佛楼，原供“魔王老爷”的肉胎，因传说魔王老爷就是清朝顺治皇帝，顺治在此出家直至圆寂，殿中和尚塑像就是顺治，此乃本寺最大看点，过去香火鼎盛，就是缘于此说。

慈善寺中的伏魔殿

殿前的对联“休言顺治一阇梨恪守天台，欲证浮屠三世佛珍藏经卷”点明了顺治在此出家隐居的历史。不知当时这里有何种超乎寻常的吸引力，使顺治皇帝在二十三岁盛年之时，却四大皆空，一个人悄悄地离开皇宫，来此隐居。（注：阇梨，梵语“阿阇梨”的省称。佛教指高僧，泛指僧。）

这个皇帝不好当

通常我们说到清朝最辉煌的时代总是喜欢用“康乾盛世”来形容，这简单的四个字却将夹在中间的雍正朝给忽略了，这其实是很不公正的。可以说，如果没有雍正的励精图治和锐意改革，就不可能有后面的乾隆盛世。雍正夹在康熙、乾隆之间，和他的父亲玄烨在位六十一年、儿子弘历在位六十年相比，胤禛在位仅仅十三年，显得十分短暂。但康雍乾盛世130多年，雍正的13年起了非常关键的作用。康熙给雍正留下了一个烂摊子，而雍正给乾隆留下的却是充裕的物质基础、廉洁的干部队伍和清明的吏治环境。可以说，没有雍正的历史贡献，就没有乾隆时代的历史辉煌。

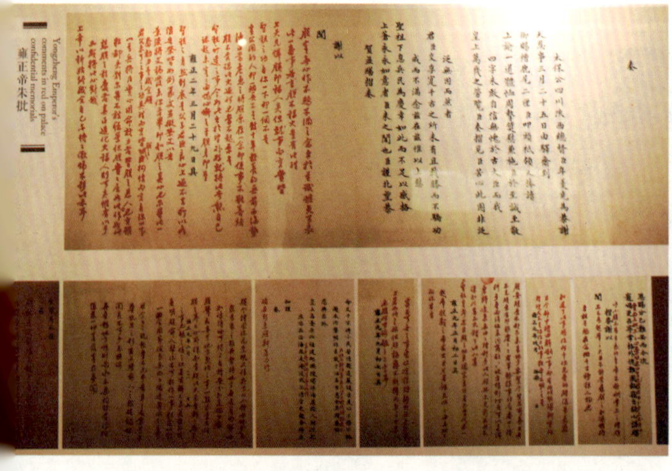

这是展览中展出的雍正批示过的奏折。有时，他的朱批字数比臣子的奏折字数还多

那么，雍正是如何治理国家的呢？历史上的雍正皇帝到底是什么样的呢？首都博物馆的《走进养心殿》

为了促使自己勤奋工作，雍正还制作了多方印鉴予以警惕自勉。其中，在登基之初，还专门刻制了一方“为君难”印

专展从“雍正皇帝的一天”这个切入点向我们展示了这位康乾盛世承前启后之关键人物的真实形象。一句话，这是中国历史上少有的一个可以用“日理万机”来形容的勤勉皇帝。难怪乎，雍正本人也要发出“为君难”的感慨！

走进首都博物馆《走进养心殿》专展，入口旁第一块展板上的内容为“朕就是这样汉子”——雍正皇帝的一天：雍正帝胤禛（1678—1735），为康熙帝四子，在位 13 年，期间用兵西北、创设军机处、实行耗羡归公与养廉银制度、推行摊丁入亩、实施西南改土归流、密建储君，推行了多方面的改革，堪称一个励精图治、锐意改革的时代。雍正帝是康乾盛世的关键助推者，其本人更以勤于政务、雷厉风行、个性鲜明的皇帝而著称。

可以说，这段话对雍正皇帝的一生做了一个高度的概括。在随后的展览中，用众多的展品佐证了雍正确实是一个“勤于政务、雷厉风行”的皇帝。

首都博物馆根据史料记载，将雍正繁忙的一天用卡通画的形式表现出来，早起晚睡，每天要工作十多个小时，难怪雍正也要倒苦水：“为君难”！如此地早晚操劳，肯定会积劳成疾，这估计是导致雍正 58 岁就去世了的主要原因。

据统计，在雍正朝短短 13 年中，上奏人数逾千，不仅督抚大员可以使用，包括一些知府、道员等中下级官员也获准奏事。所以，雍正帝留下的朱批数量也远超康熙之时。对雍正帝而言，批阅奏折似乎是一件让人兴奋的事情。如他所说："朕自朝至夕，凝坐殿室，批览各处章奏，目不停视，手不停批，训谕诸臣，日不下数千言。"更难能可贵的是，这些朱批都是出自他自己之手，既不劳烦别人代笔，也不需要别人在旁边献计献策。

"为君难"三字大概是雍正登基之初的内心写照，作为警惕自勉。在此后的几个月时间里，雍正不断下达旨意，又制作了 10 方"为君难"宝。在如此短的时间内，既写匾，又多次制作宝玺，说明刚刚即位的雍正对为君之难的深切感受，是他当时内心想法的真实反映，身为天子、权利无限的皇帝亦有如此的感叹。对雍正而言，为君之难在于"用人难"、"理财难"以及最重要的"无私之难"。"为君难"，印外之意，见仁见智，尽在无言之中。

北京历代帝王庙为何有座无字碑?

北京历代帝王庙是明清两朝专门祭祀古代帝王的皇家庙宇。历代帝王庙中现存御制石碑共四通，分列历代帝王庙中心建筑景德崇圣殿东西两侧。从年代而论，除东南碑亭为雍正时期所建，剩下三座均为乾隆时期所立。在这四通御碑中，唯有正西碑亭内石碑略有不同。因其碑身光滑如镜，并无半字镌刻，又称"无字碑"。看到这通"无字碑"，我想到我国历史上最著名的"无字碑"为武则天所立，那么这通"无字碑"又有什么缘由吗?

以今人理解，树碑的目的是为了立传扬名，昭示功德，但"无字碑"究竟为何无字，千百年来也是众说纷纭，莫衷一是。乾隆皇帝为何要在历代帝王庙中立此“无字碑”，现暂无史料可供解读。但根据历代帝王庙展出的资料，并回顾乾隆皇帝与历代帝王庙的点点滴滴，我们不妨推测，乾隆皇帝可能存在以下用意：

北京历代帝王庙中的乾隆皇帝无字碑

其一，从庙貌观瞻出发。乾隆二十七年（1762 年），乾隆皇帝曾对历代帝王庙进行大修。在这次修缮中，大殿也就是景德崇圣殿顶瓦由褐色更易成黄色，使得庙貌更加庄严、肃穆，彰显皇家气魄。西侧御碑与东侧御碑遥相呼应，故而形成了一种对称的庙宇格局；

其二，乾隆皇帝在其晚年所做的诗文中提到，历代帝王庙入祀的帝王中，值得效法的少，引以为戒的多，还多次强调了对于朝代兴衰的借鉴与警惕。乾隆皇帝可能有将“法戒”思想注入御碑的想法，正所谓“百年人物存公论，青史他年有定评”，对于庙内入祀帝王功过，任由后人评说；

其三，乾隆皇帝一生 7 次亲祭历代帝王庙，4 次撰写碑文，5 次赋诗，并提出“中华统绪，不绝如线”的大历史帝王祭祀观。乾隆认为自己对历代帝王庙的贡献很大，经自己调整过的历代帝王庙已属完美，无须后人再做更易，故以“无字碑”为历代帝王庙画上句号。若乾隆皇帝真有此用意，那么历史恰巧与他所期望的一样，自乾隆之后，历代帝王庙并无太大变动。

北京历代帝王庙中乾隆皇帝无字碑的介绍

慈禧“老佛爷”称号的由来

在北京的万寿寺参观，发现寺中供着一尊很特殊的观音菩萨塑像。这尊观音像在正殿后部，是照着慈禧的模样做成的，被称为“慈禧版观音”。据传，这尊“慈禧版观音”与慈禧太后的“老佛爷”绰号有关。

北京万寿寺原称“聚瑟寺”，建于唐朝。明万历五年（1577 年），改为万寿寺，主要收藏经卷。清朝顺治二年、康熙二十五年、乾隆十六年、乾隆二十六年以及光绪二十年都重新进行了修葺。光绪初年曾毁于火，之后成为菜圃，到光绪二十年（1894 年）重修万寿寺作为行宫，连菜圃一起圈入。乾隆曾三次在寺中为其母祝寿。慈禧来往颐和园时会在万寿寺拈香礼佛，在西跨院行宫吃茶点，故万寿寺有小宁寿宫之称。闻名于世的钟王“永乐大钟”曾长期收藏在万寿寺中。1985 年，万寿寺辟为北京艺术博物馆。

在万寿光绪初年，慈禧太后刚满 40 岁，她为了达到二度垂帘听政的目的，曾使用了种种手段，但慑于朝中有人反对，终日心中不乐。心腹太监李莲英猜知其心事，所以心生一计。因为慈禧每次去颐和园途中必经过万寿寺，所以李莲英便令人在万寿寺大雄宝殿的后面照着慈禧太后的模样建了一座观音像。观音像建成之后，李莲英便假装火急火燎地去禀告慈禧，说：“听说万寿寺大雄宝殿常常有双佛显光，这是大吉大利之兆，奴才想请太后驾临前往观看。”慈禧听罢感到十分惊奇，便起驾出宫直奔万寿寺。走进大雄宝殿见供奉的依然是原来的三世佛，不禁勃然大怒，斥道：“明明是原来的三世佛嘛，哪来的双佛显光？”但李莲英心中有数，笑呵呵的忙说：“太后息怒，请您后殿御览。”

慈禧太后在李莲英的搀扶下转到三世佛后，果见一慈眉善目的观世音端坐于殿中央，此时寺内方丈住持，还有与慈禧亲近的文武大臣均在此列队迎候。这时，李莲英喊道："老佛爷到。"众人即刻跪伏高呼："恭迎老佛爷！"慈禧见状明白了一半儿，但她故作不解问道："你们迎接的是哪位老佛爷呀？"李莲英答道："就是迎接太后您老佛爷呀！您就是当今救苦救难的观世音菩萨啊！如今先皇晏驾，新皇尚幼，国不可一日无主，臣民们请您垂帘料理朝政，您可要救庶民于水火之中啊！"这马屁拍的慈禧是心花怒放，那叫一个美一个乐！自此，老佛爷这个称呼便从万寿寺传遍京城，举国上下，都称慈禧为"太后老佛爷"。慈禧也就心安理得地垂帘听政了。

北京万寿寺中，李莲英以慈禧太后为蓝本建造的"观音像"

慈禧垂帘听政的实物写照

首都博物馆《走进养心殿》中展出的"垂帘听政"场景是按照故宫养心殿原物复原的，展览介绍上写道：咸丰十年（1861年），英法联军攻占北京，咸丰帝逃往热河，次年病故于避暑山庄，6岁的载淳继位，是为同治帝。慈禧太后与恭亲王奕䜣发动"辛酉政变"，除掉了辅政八大臣。咸丰十一年十一月一日，慈安、慈禧两宫太后正式在养心殿东暖阁垂帘听政，开始了晚清太后垂帘、亲王辅政的时代。

垂帘前面的这件紫檀雕花宝座，是专门给皇帝坐的。细心的人可

养心殿东暖阁。养心殿东暖阁坐东向西，座后有帘，内设慈禧太后和小皇帝的宝座，慈禧宝座在后，小皇帝的宝座在前。这里曾经是慈禧垂帘听政处

养心殿东暖阁中给小皇帝坐的龙椅

以看到，椅背上的龙纹很有意思，一大一小，寓意太后垂帘听政，少主在前，长幼之别在龙椅上体现了出来。龙椅两面的扶手，玉雕的龙都是罕见的回头状。这就是在制作这把龙椅时的有意为之，意在提醒小皇帝说话的时候要“顾后”，一定要听从帘子后面的意见。

从中东铁路遗址追溯中国近代的一段苦难历史

从内蒙古的牙克石市前往扎兰屯市的自驾游路途中，在博克图附近路段见到路旁有一块“中东铁路遗址”的指示牌，于是驻车观看。只见一条铁轨路基上长满草木的铁路从涵洞中穿过，涵洞旁有一座看起来十分坚固厚实的城堡状建筑，建筑前的一块黑色石碑上写着“兴安岭螺旋展线，内蒙古自治区重点文物保护单位”的字样。这就是著名的“中东铁路遗址”的一部分。查阅资料，中东铁路是沙俄为了掠夺和侵略中国，控制远东地区而在1897—1903年间在我国领土上修建的一条铁路，这条铁路被沙俄、日本和苏联侵占、经营达五十余年之

久。在新中国成立后的 1952 年 12 月 31 日，苏联才将这条铁路完全移交给中国。

中东铁路是“中国东清铁路”的简称，该铁路以哈尔滨为中心，西至满洲里，南至大连。铁路的干线起始于内蒙古的满洲里途经黑龙江的哈尔滨至绥芬河，支线由哈尔滨经长春再到大连，全长约为 2500 公里。

在中国的近代史上，中国的东北地区一直是西方列强利益争夺的焦点，中东铁路正是这一段历史的缩影和定格。以中东铁路为索引，可以回溯到一段“中东铁路引狼入室，中华民族大祸降临”的中华民族灾难历史，令人感慨万千。

十八世纪中期，沙皇俄国在英、法联军发动第二次鸦片战争时趁火打劫，出兵强占了黑龙江流域的大片土地，并强迫清政府签订了丧权辱国的《中俄瑷珲条约》，随后又胁迫清政府签订了《中俄北京条约》。这两个条约掠夺了黑龙江以北、外兴安岭以南、乌苏里江以东包括库页岛在内的 140 多万平方公里的土地，使我国的关东地区失去了海洋。但沙俄的贪心并没有满足，他们还想要中国的整个东北，独

中东铁路遗址

占远东，所以一直在找机会和制造借口。中日甲午战争中国失败了，1895 年 4 月被日本胁迫签订《马关条约》，除承认日本控制朝鲜外，还要中国向日本割地赔款。

日本狮子大开口，不仅要台湾，还要辽东半岛。这是中国万万不能接受的，这时沙俄也看不下去，被“激怒”了，开始联手法德干涉，帮中国说话，最后清政府加大赔款数额，使辽东半岛得以保全。沙俄也因此与日本结怨，日本觉得沙俄不仅多管闲事，而且分明是同自己争夺利益，限制了自己的扩张野心，早晚日俄会有一仗。

沙俄在这个问题上坚决站在中国一边并不是出自公正与仗义执言，而是因为中国东北一直是它想要吞下的一块肥肉，岂能让日本人抢了去？！最悲催的是此时的大清王朝。中日甲午战争失败的阴影一直笼罩着大清王朝的朝野上下，都知道日本不会善罢甘休，日本人灭亡中华之心不死，现在它越来越强大，早晚还会打过来。但积贫积弱的大清帝国已经不是对手，成了一只任人宰割的羔羊。沙俄看透了大清的矛盾害怕心理，觉得机会到了，开始千方百计拉拢、威胁利诱清政府与之结盟，共同抵御日本。

沙皇俄国在 1896 年 5 月，邀请李鸿章参加沙皇尼古拉二世加冕典礼时，给予他国家元首的待遇，还把他捧得天花乱坠，让李鸿章十分高兴。李鸿章在风光之后昏头昏脑地与俄国签署了一份《中俄密约》（又称《防御同盟条约》）。全约共六条，主要内容是：日本如侵占俄国远东或中国以及朝鲜土地，中俄两国应以全部海、陆军互相援助；非两国共商，缔约国一方不得单独与敌方议和；开战时，中国所有口岸均准俄国兵船驶入；为使俄国便于运输军队，中国允许俄国在黑龙江、吉林等地方建造铁路以达海参崴，该事交由华俄道胜银行承办经理；无论战时或平时，俄国都可通过该铁路运送军队和军需品。

说白了，咱俩结拜了，就是一家人，我以后帮你打日本，但你要允许我修一条铁路运送军队和军用物资。就这样，我国东北的国门完全给俄罗斯打开了，任凭沙俄军队驰骋在东北大地上。这么昏庸的协议竟然是以精明著称的李鸿章亲自商谈签署的，或者是他没有看透沙俄的狼子野心，或者是他遵从了昏庸的大清皇帝的旨意。

中东铁路就是在这种背景下，于 1897 年 8 月开始施工，1903 年 7 月正式通车运营。至此，沙俄军队开始全面侵入中国东北，从 1900 年至 1905 年，持续占领东北全境五年之久。

期间，1897 年底，俄国舰队擅自闯进中国旅顺口；翌年 3 月，沙皇政府以军事压力为后盾，强行向中国政府“租借”旅顺、大连及其附近海域，霸占整个辽东半岛，从而在远东取得了梦寐以求的不冻港。沙俄军队开始残暴资源掠夺，杀害中国平民，它图谋的不仅仅是东北和远东，甚至是整个中国。这时清政府才完全明白修建中东铁路是引狼入室，开始后悔了。但此时的中国贫弱到了极点，无法同强俄抗争，朝野上下一筹莫展。而此时日本觉得进入东北的机会来了……

日本同俄罗斯在打着中国东北、朝鲜主意时，都想独霸远东，所以都把对方当成自己最大的敌人与对手，都想有朝一日灭了对方。日本自甲午战争胜利后，得到了清朝大笔的战争赔款，一下子国富民强，大大地提升了国力。有钱不但促进了国家发展，最大的改变是军队变得更加强大，日本觉得该同沙俄算账了。现在有了中国的暧昧态度，日本的机会来了，决定同沙俄一战。1904 年，日本在征得清政府的同意之后，出兵东北，发动了“日俄战争”。

这场战争我们现在的定义是“日俄战争指 1904 年到 1905 年间，日本帝国与俄罗斯帝国为了争夺中国辽东半岛和朝鲜半岛的控制权，而在中国东北的土地上进行的一场帝国主义列强之间的战争。”其实日本出兵东北是得到清政府同意，或者说是来帮大清打架的。日俄战争打了一年半，这段时间整个东北是饱经战乱，民不聊生。最后日军死伤23万人，沙俄死伤28万人。日本获胜，沙俄军队被赶出了东北。

清政府的“借刀杀人”之计得逞了，但也留下了重大隐患，日本的炮弹不是白打的，日军的血不是白流的，除了要求清政府抚恤阵亡日军，还对东北利益重新进行了瓜分。结果战胜方日本又同清政府签订《会议东三省事宜正约》以及附约，日本享有以下权利：1. 割让旅顺、大连两处租借地；2. 割让南满铁路的经营权以及沿线的林产、矿产；3. 允许日本在南满铁路两侧驻军。

依据这个条约，日本开始派人接管南满铁路，移民旅顺、大连，并且派了一支部队进驻南满铁路两侧，这支部队就叫作“关东军”，他们在东北存在的理由是“保护日侨”。日俄战争后日军开始在东北驻军，直到1931年9月18日“九一八”事变爆发，日本其实已经在东北“埋伏”等待了二十六年，他们在寻找时机先分裂满洲，再图谋关内。很快日本再次占领整个东北，并把侵略战争引向全中国，导致了旷日持久的抗日战争。

这一切都是中东铁路惹的祸吗？显然不是，日俄这两个恶邻在中国身旁是我中华不幸。抢我土地、分我河山一直是他们想做的，肇事是早晚的，方式方法可能会有所不同。但中东铁路无疑方便了侵略者的军事行动，也使其攫取东北资源变得方便快捷，当侵略者的所有伪装都被扒下来后，国人才明白，他们不是来投资的，是来抢东西的。

中华民族在近代产生的巨大灾难，其根源还是昏庸无能的清政府。清政府对于东北的态度一直是保守与自私的，认为这片土地是清王朝的龙脉福地，先是不允许向关内移民，造成远东地区人烟稀少，给沙俄造成可乘之机，一下子割去了140多万平方公里的土地和出海口，接着竟然昏庸到与沙俄结盟，再勾结日本打沙俄，一步错步步错，最后酿成大祸，在几十年后日本发动全面侵华战争中吃尽了苦头。

京师大学堂的毕业文凭

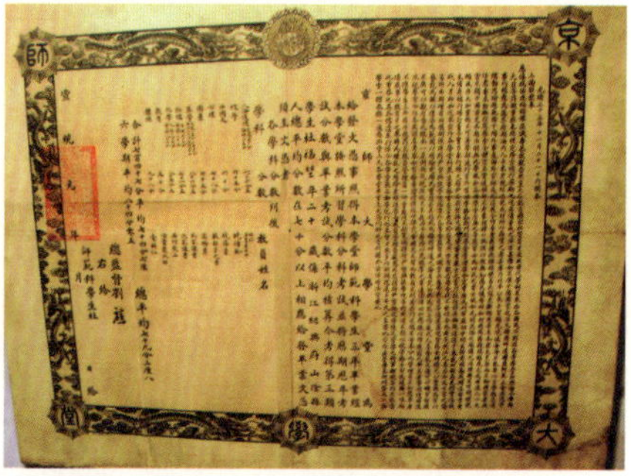

京师大学堂（北京大学的前身）当年颁发的毕业文凭

参观北京大学校史馆时，看到一张“京师大学堂”（北京大学的前身）当年颁发的毕业文凭：

这张照片是北京大学的前身“京师大学堂”给一位名叫杜福楚的师范科学生颁发的毕业文凭，由大学堂的总监督于清朝宣统元年颁发。与现在的大学毕业证相比，这张文凭的内容更加丰富。从版式上来看，堪与圣旨相比，使用了皇家才能专享的黄色纸张，并且边框用龙纹做装饰，如顶上即为双龙抢珠的图案，可见当时对知识分子的重视。文凭右边一大段除对慈禧歌功颂德的套话外，就是学校的相关规定。文凭的左边详细列出了该学生完成的各科目及相应的考试成绩，甚至将每科的教师名字也一一列出。从教师的名字可以看出，中国传统学问方面的科目由中国教员进行教学，但自然科学方面课程如心理、算学、物理、化学、教育均是日本籍教员，可见当时日本在自然科学方面已遥遥领先于中国，也反映出当时清朝决心以“明治维新”为起端获得空前发展的日本为榜样，学习西方先进的科学技术以尽快实现维新变革的心态。

宜昌大撤退

下面照片所示的是地处湖北省宜昌市滨江公园夷陵长江大桥侧宜昌大撤退纪念园中的主体雕塑，雕塑长 15 米、高 9 米、厚 3 米，采用数字和铁锚组成，外形取船和长城之形。钢筋混凝土骨架外贴花岗岩浅浮雕，再现当时装卸工日夜搬运上船，纤夫拉船抢过险滩等恢宏的历史场面。通过定格时间于“1938.10.11”这组特殊数字，突出了“宜昌大撤退”发生于1938年10月至11月的时间内涵。

70年前，正值民族生死存亡的危险时刻，数万宜昌民众和民族实业家卢作孚先生的民生实业公司组织24艘轮船、征用850余只柏木船，雇用3000余名工人，仅用40天时间，将3万多人和10万吨重要军工物资从宜昌抢运入川，成就了与法国敦刻尔克大撤退齐名的“宜昌大撤退”这一重大历史事件。

发生在抗日战争中的宜昌大撤退，是一部民族救亡的悲壮史诗和英雄乐章。在中国的对日抗战史中，宜昌抗战具有很特别的意义。1939年至1945年，在以宜昌为中心大约20万平方公里的广大区域，中日两军进行了6年之久的拉锯、抗衡战，以争夺江汉平原、洞庭湖流域地区和重庆门户的控制权。宜昌抗战的重要性，不仅在于其战略地位，还在于其独特性。第一，宜昌是抗战战略物资转移的中转站，1938年秋的宜昌大撤退，保存了中国民族工业的精华，为抗战最后胜利奠定了重要基础。第二，宜昌是抗战时期中国战区少有的立体作战战场。发生在宜昌的鄂西会战是屈指可数的陆海空三军联合作战战场之一。宜昌还是日军开展毒气战最猛烈的战场之一，1941年日军为了阻止中国军队反攻，在宜昌投放各类毒气弹2500枚，留下了违反国际公约的罪恶铁证。同时，宜昌的“石牌保卫战”是少有的以弱胜强的著名战例，被誉为“中国的斯大林格勒保卫战”。

宜昌大撤退纪念园中的主体雕塑

追忆那段抗战中的悲壮往事

在昆明郊野公园游览，我看到了一面用大理石建成的巨大纪念碑，上面有张爱萍将军手书的“驼峰飞行纪念碑”。这面为了纪念抗日战争时期中美两国飞行人员伟大壮举的纪念碑，将我带进了一段悲壮往事。

1942年，日军占领缅甸，切断了中缅公路这条盟军和中国联系的最后通道，一切物资运输被迫中断。美国总统罗斯福下令：不惜任何代价，开通中国的路线。中国政府代表宋子文和美国陆军部长史汀生、陆军参谋长马歇尔商议，决定在中国航空公司原来的昆明——加尔各答航线的基础上，开辟后来称为“驼峰”航线的空中补给走廊，用这条航空线路来代替滇缅公路，继续为中国提供抗战物资。

这条称为“驼峰航线”的空中通道西起印度阿萨姆邦，向东横跨喜马拉雅山脉、高黎贡山、横断山、萨尔温江、怒江、澜沧江、金沙江，进入中国的云南高原和四川省。航线全长500英里，地势海拔均在4500—5500米，最高海拔达7000米，山峰起伏连绵，犹如骆驼的峰背，故而得名“驼峰航线”。

昆明郊野公园内的“驼峰飞行纪念碑”

驼峰航线飞行的路线要沿着世界最高峰的边沿飞行，海拔高度接近当时飞机爬升的高度限制，而且沿途的山脉经常云雾缭绕，所以飞行相当危险，很多飞行员为此牺牲了宝贵的生命，其他飞行员在飞行时一路上是看着已经坠落的飞机金属碎片反光引导飞行。

“驼峰航线”是世界战争空运史上持续时间最长、条件最艰苦、付出代价最大的一次悲壮的空运。在长达3年多的艰苦飞行中，中国航空公司总共飞行了 8 万架次，美军先后投入飞机 2100 架，双方总共参加人数有 84, 000 多人，共运送了 85 万吨战略物资、战斗人员 33, 477 人。单是美军一个拥有 629 架运输机的第 10 航空联队，就损失了 563 架飞机。而总共在这条航线上，美军共损失飞机 1500 架以上，牺牲优秀飞行员近 3000 人，损失率超过 80%！而总共仅拥有 100 架运输机的中国航空公司，竟然先后损失飞机 48 架，牺牲飞行员 168 人，损失率超过 50%！

感谢和缅怀这些为中国的抗日战争而牺牲的英雄们，英雄的壮举永远都不应该被忘记！

海拉尔要塞——第二次世界大战最后一战的发生地

在内蒙古呼伦贝尔市首府海拉尔，有一处海拉尔要塞遗址，是第二次世界大战中著名的“海拉尔战役”发生地。

海拉尔要塞遗址

海拉尔要塞是日本关东军为进攻苏联而在中国东北边境设立的15处军事工事中最大的两处要塞之一（另一处为黑龙江省东宁要塞）。侵华日军海拉尔要塞是以敖包山、北山阵地为主体，由地上与地下相连通的两部分组成，地下工事距地面17米至19米，采取地下掘进式和开掘式建成。要塞的各种设施齐全，各抵抗枢纽部都有数个火力支撑点，并修筑诸多钢筋混凝土永备火力点、指挥所和观察所及榴弹炮、山炮、步兵炮、迫击炮发射阵地，还有钢筋混凝土掩蔽部、钢筋混凝土顶盖工事和碉堡群。海拉尔要塞属于海拉尔防区的指挥中心，被称为“地下城市”。海拉尔要塞中的北山要塞是目前我国同类遗址中规模最大、保存最完好的一处，要塞的通道总长约4000余米，总面积5000平方米。海拉尔要塞的整个建造工程耗时约四年，征用中国劳工约13万人，这些中国劳工在工程中和完工后几乎全部被日军杀害。

当时海拉尔的防务隶属于日本关东军蒙疆驻屯军第80混成旅团，其司令官叫野村登归江。1945年8月9日零点10分，苏联红军从东、西、北三个方向，在四千多公里的战线上，越过中苏、中蒙边境，向日本关东军发动突然袭击。进攻海拉尔方向的是由马利诺夫斯基元帅指挥的后贝加尔方面军，共60万人，也是苏军在对日作战中唯一配备的坦克集团军。苏军的突击方向是穿越浩瀚的沙漠、草原和大兴安岭，直插齐（齐哈尔）—哈（尔滨）—新（京）方向，苏军发动的这场战役是在用牛刀杀日本关东军这只鸡，海拉尔即便有所谓固若金汤的要塞也没有挡住苏军的进攻，苏军装甲兵从侧翼包抄迂回，进占海拉尔市区，扫平其他辅助阵地后包围封锁了日军司令部所在地北山要塞和全市制高点敖包山要塞。次日，拥有强大火力的苏军以摧枯拉朽之势摧毁了敖包山，削平了制高点，最终迫使北山要塞的日本守军走出工事投降。至此，第二次世界大战的最后一战——海拉尔战役结束，盘踞东北四十年之久的日本关东军被歼灭。

“天字第一号”持枪证

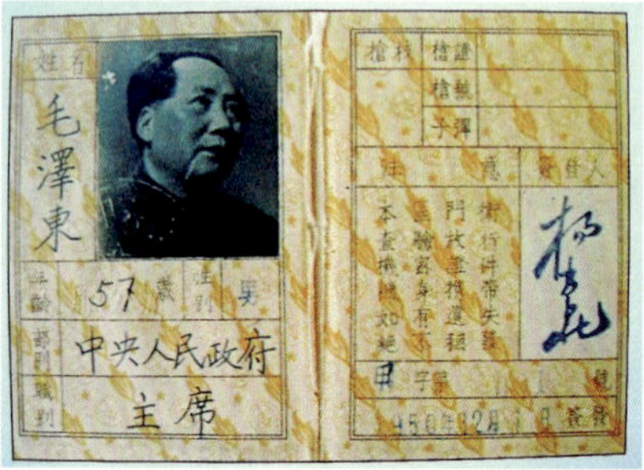

毛泽东的持枪证

这些年来，新闻报道中的美国枪击案屡见不鲜，这显然与其枪支管控不严有关。作为世界上枪支管控最严格的国家之一，中国在枪支管控方面的经验或许可为美国提供一些有益的经验。毫无疑义，枪支管控的最重要手段就是“持枪证”。说到持枪证，我想到了曾经见过的咱们国家第一号持枪证。那是在毛主席故居韶山参观时，韶山毛泽东纪念馆里展出的一张签发日期为1950年12月1日的“甲字001号”持枪证，上面写着：部别：中央人民政府；职务：主席；姓名：毛泽东。但在这张持枪证的“枪证”、“枪号”和“子弹”三栏里却是空白，可见毛泽东没有领过本应属于他的那支“天字第一号”枪，这事有点耐人寻味。

作为曾经的人民解放军缔造者和最高统帅，毛泽东的持枪资格是毋庸置疑的。但翻阅毛泽东的传记，发现作为“运筹帷幄之中，决胜千里之外”的伟大军事家，毛泽东很少摸枪。虽然毛泽东提出了“枪杆子里面出政权”的著名论断，但事实上他一生中始终与枪保持着相当的距离。流传颇广的一个传说：当时的红一军团长林彪将战斗中缴获的一把高级德国手枪作为礼物送给毛泽东，毛泽东拒绝接受，他说，“当我要用上枪的时候，红军就完蛋了！”

由此可见，毛泽东从本质上讲就是一个运筹帷幄的帅才，而不是一个冲锋陷阵的猛将，恰似“不知刀枪剑戟，胸有雄兵百万”的诸葛亮。在他的传奇经历里，有过很多次的生死攸关的遭遇，但总能依靠自己高超的谋略和指挥，不用自己花费一枪一弹就化险为夷，也许，这就是伟人独特之处吧。

长白山天池的朝鲜哨所

从吉林长白山天池北坡的观景台上远眺，可以看到天池的另一侧有一从山峰通到池边的长长阶梯，并在阶梯的末端有两座灰色的小屋。在鬼斧神工般的自然景观中突兀地有了这些人工建筑，显得与天池秀美壮丽的景色极不协调。向观景台的工作人员一打听，原来这是朝鲜的边防哨所。再仔细深究，这后面竟然有一段令今天的中国人十分痛心的历史。

查阅史料，长白山自古以来就是中国领土，一向被视为满洲民族发迹的“龙脉”之地。满族入主中原建立清王朝后，自 1762 年始，清政府对东北实施了长达 200 余年的封禁政策，严禁进入长白山地区，鸭绿江、图们江中朝边境地区成为封禁的重点地区。后来，由于长期的封禁政策致使东北边疆地广人稀，边备空虚，这给朝鲜边民非法越

在长白山天池的北坡观景台上，可以看到对面山坳中那条从山峰直到池边的阶梯和下面的房子，这是朝鲜的边防哨所

用长焦镜头将对面的朝鲜哨所拉近后的景象

境进入中国创造了客观条件，许多朝鲜人出于生计，冒禁非法渡鸭绿江、图们江越境，到对岸的中国奉天、吉林省等地垦荒。之后人数众多，开垦土地越来越多，形成了对中国领土事实上的侵占。

新中国成立后，到了20世纪50年代后期，中国发生三年自然灾害，国家财力十分拮据，对朝援助相应减少。于是朝鲜借机多次派员来华，提出要将鸭绿江改为中朝两国同时拥有的界河。理由是朝鲜北部边境地区也要发展，不能没有电力做保障，因此也想借助这鸭绿江搞水力发电的开发（因为此时中国已投资在鸭绿江上游的集安建了云峰发电站）。当时，中国政府和朝鲜政府的友谊可以说正是“蜜月时期”，于是对这“同饮一江水”的中国内河鸭绿江变为中朝两国的界河要求没有提出反对意见。

但结果是朝鲜得寸进尺，又以鸭绿江的发源地在长白山天池为由，遂于六十年代初期，又向中国政府提出要将长白山分割为二，中朝双方各占一半的要求。为了说服中国政府，朝鲜使尽各种手段乞求，直令毛主席他老人家无法说不。于是，1962年毛主席指派周恩来总理访问朝鲜，并代表中国政府同代表朝鲜政府的首相金日成在平壤签订了《中朝边界条约》。《中朝边界条约》签署后不久，长白山天池边被分割为二，据说中国占有48%，朝鲜占有52%。同时，还将鸭绿江源头的天池分水岭东侧的三座山峰也跟着一道分给了朝鲜，其中包括了长白山的最高峰——白头峰。这白头峰分给朝鲜后，朝鲜政府为感恩金日成将军，就把白头峰更名成了“将军峰”！

那些关于毛主席塑像的回忆

到中国地质大学的国际会议中心开会，会议间隙时我在校园里溜达一下，竟然发现在大门口依然耸立着我国六七十年代“文化大革命”时建造的毛主席塑像，让我顿生一种久违的感觉。

说起这种起源于“文化大革命”时期的毛主席塑像，最早出现在清华大学。事情得追溯到 1966 年 8 月，在声势浩大的“破四旧”运动中，以清华大学附中学生为主的红卫兵们，拆毁了清华大学的标志性建筑“二校门”——一座晚清时期建造的造型精美又不失庄重的西洋风格牌楼。至于后来怎么又在原地建了一座毛主席塑像，比较流行的说法是 1967 年春，已经在北京建设局一公司工作的清华大学建筑系土木专业工程的 65 级毕业生高鲁冀，被学弟唤到清华“回校闹革命”。一日，高鲁冀路过“二校门”时看到这个精致的建筑已经成为一堆残骸散落于地时，便对身边的学友由立刚说，这么好的建筑拆了多可惜。之后他又随口说：如果在这里建一尊毛主席像，那就谁也不敢拆了。由立刚听了高鲁冀的话，认为这是个不错的主意，当晚便将此设想告诉了当时的清华大学的掌权人，该掌权人做出了建造毛主席塑像的决定。因为高鲁冀有很好的美术功底，并且熟悉混凝土建造技术，所以被指定为塑像建造工程的总负责人。

这尊塑像加上底座，高达八点一米。在设定塑像高度时还发生过一个插曲：

中国地质大学里的毛主席塑像

高鲁冀等人在现场拿着长木杆，目测拟定的合理高度时，著名建筑学家梁思成由此经过，他们便唤住他，以期梁思成提出一个高度的建议。梁思成知道他们的要求后，神情先是一惊，继而抬头看看木杆，沉思片刻后，仅平静地说了一句“宁高勿低”。

1967 年 5 月 4 日，在清华大学“二校门”的原址上，全国第一座大型毛泽东塑像正式落成，从此引发了全国各地争相修建毛泽东塑像的热潮。各地为造毛主席像，前来参观取经的人们也络绎不绝。当时实际控制清华大学的红卫兵组织“井冈山兵团”特地抽出专门人手，负责把雕像从放大到浇注的整个过程编成一套材料，以供来访者索取。之后，“清华版”塑像在很多地方纷纷出现。没有人能统计清楚，“文革”期间全国党政机关、学校、城市公共设施，包括村庄在内，到底曾立起了多少座毛泽东塑像。

1980 年 7 月 30 日，中共中央发出《关于坚持“少宣传个人”的几个问题的指示》，指出：毛主席像、语录和诗词在公共场所过去挂得太多，今后要逐步减少到必要限度。文件发出后，不少地方的毛泽东塑像开始被拆除。3 个多月后，中共中央办公厅专门在 11 月 6 日发出《关于毛泽东同志塑像问题的通知》称：对已建成的钢筋水泥塑像或其他坚固塑像，没有必要一下子全部毁除。因此，个别地方的毛主席塑像得以保存下来。到了 2008 年，包括北京科技大学、中国地质大学、中国农业大学、北京体育大学、北京化工大学、北京邮电大学和北京交通大学在内，北京的高校中还有 7 座毛泽东塑像伫立，其余则已拆除，清华大学也不例外。

毛主席塑像和毛主席像章、红宝书一道，成为那个特殊年代的历史记忆。如果您有机会，不妨到北京的这几所大学里看看，在塑像前缅怀一下这位伟人。

从国门的变迁看我国的发展

满洲里市位于内蒙古自治区呼伦贝尔大草原的西北部，东依大兴安岭、南濒呼伦湖、西临蒙古国、北接俄罗斯联邦，是中国最大的陆运口岸城市。

满洲里国门历经300年风雨洗礼、5次重建变迁。作为彰显尊严、弘扬国威、展现国力的标志建筑，满洲里国门的历史变迁不仅见证了我国由衰弱走向繁荣的发展历程，也见证了一个北疆边陲小城跨越世纪的沧桑巨变。

第一代国门：双头铁鸟

中国内蒙古地区东北部与俄国毗连的水界和陆界，是1689年中俄《尼布楚条约》和1727年中俄《阿巴哈依图界约》划定的。1902年，俄国修筑的中东铁路从第59察罕敖拉与第60塔奔托罗海鄂博间铺入中国东北，并且在满洲建成火车站，俄国人称之为“满洲里亚”，满洲里由此得名。

第一代国门的复制品

从1910年5月至1911年12月，经过勘界和几十次谈判，沙俄趁清政府在辛亥革命的冲击下即将垮台的机会，于宣统三年（1911年）12月20日逼迫黑龙江巡抚周树模签订了《中俄满洲里界约》。界约中规定：在水界以额尔古纳河为界，将河中280个洲渚，160个划归俄方，120个划归中方。

中东铁路从西伯利亚进入中国即改称为“中清铁路”，俄国单方面在距后贝加尔斯克七公里的马赤耶夫斯克铁路附近设立两国间界限标志——顶端安置有双头铁鸟的木桩，上面写有俄文“萨拜喀尔省铁路交界”字样。木柱和双头铁鸟这两个标志虽为俄国所设，但后来得到清政府的默认，可以看作是两国间之最初的共同国门。因此，人们将其称之为“第一代国门”。

当时的国门距现今的满洲里还相当远，尚在金源边堡外 20 余里。清末由于边庭空虚，加之 1912 年的“蒙旗独立”，沙俄屡屡向南蚕食中国满洲领土，通过一次次的较量，北满归为沙俄势力范围，而南满则是日本人的天下。时至民国初期，马赤也夫斯克附近的“第一代国门”已不复存在。

第二代国门：中苏门

民国出版的《改正中东铁路站名议》一文中这样写道：“称 18 里小站，则以俄里计算，此为华界尽处，站有牌坊一榜，曰：‘国门’。”18 里小站是中国方面的称谓，今名外贝加尔斯克，俄国人曾名之为 86 号小站。

1918 年 2 月，中东铁路临时警备司令部向该站派驻了警察所，稽查出入我国国境人员。当时，中苏两国界限实际上已经从马赤也夫斯克附近南移于此。根据许同莘著《改正中东铁路站名议》中记载：该国门建于 1920 年，位于后贝加尔车站对面、苏方边防总站院内，距离现边界线约 300 米，为木制拱形结构，面对中国方向以汉文书之“中苏门”，苏联方向书写的是俄文。许同莘所说的国门就是“中苏门”。1949 年，“中苏门”被苏联方面拆除。

第二代国门的复制品

新中国成立和抗美援朝战争时期，资本主义国家加强了对中国的政治破坏和经济封锁，面对“一边倒”的国际政治风云，中国加强了同苏联及东欧国家尤其是社会主义阵营国家的贸易，使满洲里口岸的客货运输急剧增长，1955 年进出货运量达到了 470 万吨，创历史最高水平，为当时国民经济的恢复和全力做好援朝军用物资的工作发挥了巨大的作用，朝鲜政府还为此专门授予满洲里市政府勋章一枚。

第三代国门：全世界无产者联合起来

第三代国门的复制品

1968 年，中苏两国在金源边堡东南方中方一侧横跨铁路共建“门”字形栈桥，正上方嵌有醒目的红色标语“全世界无产者联合起来”。桥身两侧各有一架铁梯，爬到上面可以俯视进出车辆，当地人士称该“栈桥”为第三代国门。

六十年代中期至七十年代末，中苏两国严重对峙，满洲里口岸一度沉寂，整个七十年代平均进出口货物量低于 50 万吨，从未中断的仅为北京—莫斯科的国际列车。中国改革开放后，特别是中苏（俄）国家关系全面恢复和发展，满洲里迎来了第二个春天。

第四代国门：改革开放的前哨

第四代国门的复制品

第四代国门于 1988 年 6 月 15 日开始兴建，高 12.8 米，宽 24.45 米，庄严而雄伟，1989 年 6 月 25 日竣工。国门上书“中华人民共和国”7 个深红大字，中间悬挂的国徽直径达 1.8 米。崭新的国门，成为改革开放的前哨。

满洲里口岸于 1992 年 3 月被国务院正式批准为沿边开放城市。除铁路运输外，根据《关于中俄边境口岸协定》，满洲里—后贝加尔斯克口岸又建成了国际公路客货运输口岸。当时，俄方投入 3000 万美元建设了 12 条通道，为俄对中国最大公路口岸，满洲里口岸进出口货物量从此开始了“井喷”。

2007 年 10 月，第四代国门被拆除。

第五代国门：中国陆路口岸最大的国门

第五代国门于 2008 年 2 月开工建设，当年的 6 月 18 日落成投入使用。国门长 105 米，宽 46.6 米，高 43.7 米，总建筑面积 5905.51 平方米，比第四代国门大出 3 倍，并有 2 条宽轨和 1 条准轨从国门下穿过与俄罗斯铁路接轨，同时充分考虑中俄贸易的发展前景，预留了多条复线位置。第五代国门也是目前中国陆路口岸最大的国门。

现今的第五代国门

第三篇

传统文化

乌纱帽的由来

此场景复原了欧阳修（中间穿紫袍者）与推官、判官、左右巡使、司录司知事集体辨案的场景。围案而坐的七个人头上都戴着同样的帽子，这就是民间俗称的“乌纱帽”，我们现在在一些古装剧中经常可以见到。它的形状让我想起了与此有关的传说和典故。

这是河南开封府中“欧阳修宽简治京师”的蜡像展示

据说，这种长了一对“长耳朵”的长翅帽是宋朝官员戴的帽子，其发明人是宋朝开国皇帝赵匡胤。他以阴谋诡计坐上龙椅后很不放心当年一起闯天下的同僚，尤其讨厌文武大臣在朝堂中交头接耳，评论朝政。一天，赵匡胤上早朝，在听取某个大臣奏章时，发现两侧有不少官员窃窃私语，很不礼貌。赵匡胤心里有点恼火，但不露声色。退朝后，他想出个办法，传旨在幞头纱帽后面分别加上长翅。长翅用铁片、竹篾做骨架。一顶帽子两边铁翅各伸出一尺多。这种帽子除了朝堂和官场正式活动时须戴上，一般场合是不戴的。因为戴上

这是开封包公祠中保存的包公石刻像拓片，线条清晰生动传神，包公头上所戴也是这种长翅乌纱帽

它，在街上行走极不方便。官员只能面对面交谈，要并排坐着谈就困难了。从此大臣上朝，也就很难排列在一起交头接耳，影响朝堂严肃性了。

“槑”不是很呆、很傻、很天真

在开封府中游览，走到这处景点前，不少游客都停住了脚步，被这座建筑上所悬挂的匾额所吸引。“这是什么堂？”面对门楣上的几个怪字，有游客提出了这个问题。“呆呆笔堂！”一个游客自作聪明地念道，引起大家一阵哄笑。其实这个门楣上写的是“梅笔堂”，“槑”念“梅”（音“méi”）。

“槑”字是“梅”字的古代异体字，基本字义同“梅”，现在已很少用了。《康熙字典》中释义：槑，古文梅字。对此，《本草纲目》卷二九《果部·梅》中有释名：“（李）时珍曰：梅古文作呆（槑），象子在木上之形。梅乃杏类，故反杏为呆。书家讹为甘木，后作梅，从每，谐声也。或云：梅者媒也。”由此看来，“槑”字的本意与“呆”字可谓是八竿子打不到一块。可在现在的新新人类的眼里，“槑”字是由两个“呆”组成的，它们愣是被拉到同一个屋檐下，成了一家人。于是这个“槑”字在网络语言里不仅“呆”，而且双重“呆”，被用来形容人很呆，很傻，很天真。

现在，国家有关部门对于异体字的使用有相关的规定。所谓“异体字（variant forms of a Chinese character）”是指与规定的正体字同音、同义而写法不同、字形不同的一组字。由于汉字是由意符、音符和记号所组成的，意符选取的角度因人而异，音符又不同于拼音文字中的字母，所以，一字多形的现象在汉字的历史上比比皆是。新中国成立后，由中

开封府中的梅笔堂

“梅笔堂”匾额

华人民共和国文化部、中国文字改革委员会于1955年12月22日发布了《第一批异体字整理表》，根据从简从俗的原则规定了810个正体字，淘汰了1055个异体字。1986年重新发表的《简化字总表》和《现代汉语通用字表》都对《第一批异体字整理表》中提出的异体字作了修订，恢复了26个字。2000年颁布的《中华人民共和国国家通用语言文字法》规定异体字为非规范汉字，除了以下场合外不允许使用：

（1）文物古迹。

（2）姓氏中的异体字。

（3）书法、篆刻等艺术作品。

（4）题词和招牌的手书字。

（5）出版、教学、研究中需要使用的。

（6）经国务院有关部门批准的特殊情况。

毛主席写的“福”字

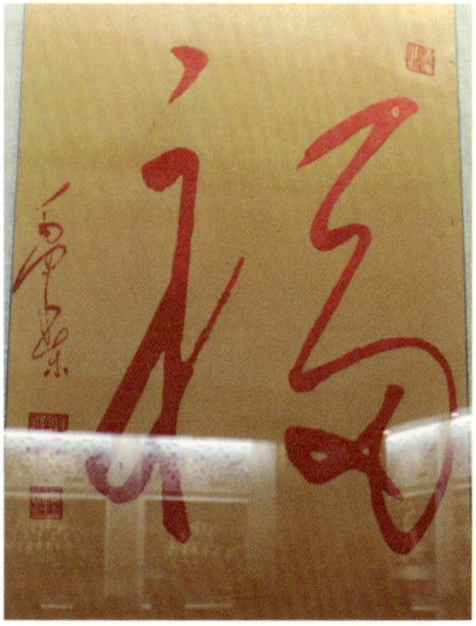

毛主席写的“福”字

在毛主席故居韶山滴水洞的毛主席卧室中，挂着一幅毛主席亲自书写的“福”字，如下照片：

据讲解员介绍，这是毛主席一生所创作的众多诗词作品中所出现的唯一的一个福字，所以就更加突显出这个“福”字来之不易，特别珍贵。

“福”字在古人的眼里也许就是有衣穿、有屋栖身、有田地耕作，而现代人看待福可能就有多种理解了，最基本的想法就是健康平安即是福。对毛主席的这个“福”字怎么去理解和解读呢？估计因人而异。从字面布局看：该“福”字在衣字旁的基础上又感觉像“子”，整个右部为一笔而成，右上部分演变为草书“寿”的写法，最有特色的即为“田”的部分，毛主席利用一个回笔保留了田字的感觉，但“田”的核心是由“人”组成，且田无边。据解说，这体现了毛主席“以人为本，造福于民”的宽阔胸怀。整个福字可以概括为一句话为：多子，多寿，田无边。

毛主席的这个“福”字写于1962年。“字如其人”，这个福字仍体现了被众多名家推崇的毛氏狂草风格，单看其笔画写得比较单细，但从整体看又显得饱满。众所周知，1960年—1962年是我国的三年困难时期，毛主席也像平民老百姓一样节衣缩食，每餐仅食二两米饭。他是否带着“我瘦大家肥”这种心愿来写的这个福字呢？不管怎么说，毛主席的这个“福”字与我在北京恭王府中所见的康熙皇帝亲笔所书的“福”字（见下面的介绍）相比，确实清瘦多了，将这两个“福”字放在一起对照解读，让人回味无穷！

康熙皇帝写的“福”字

北京人常说：“到故宫要沾沾王气，到长城要沾沾霸气，到恭王府就一定要沾沾福气！”恭王府的福气就来源于康熙御笔亲题、加盖有“康熙御笔之宝”印玺、有着“天下第一福”之称的福字碑。

康熙皇帝所题的这个“福”字是为其祖母孝庄皇太后“请福续寿”而作。这个“福”字，不同于民间常用的饱满方正，字形窄而狭长，为瘦（音谐“寿”），民间称之“长瘦福”，即长寿之福。俗语说“有福必有寿，有寿必有福”。但是，由于“福”、“寿”二字字形差异太大，自古以来还没有哪个书法家可以把“福”“寿”二字合为一字书写。而此福字右半部正好是王羲之《兰亭序》中“寿”字的写法，成为现存历代墨宝中唯一的将“福”“寿”写在同一个字里的福字，被民间称之为“福中有寿，福寿双全”。由于其上加盖了“康熙御笔之宝”的印玺，因此也成为中国乃至世界唯[illegible]枚不可倒挂的“福”字。更让人叫绝的是，此福与民间称作“衣禄全、一口田”的福字截然不同。据说，有行家专门对康熙的这个福字进行了研究，其间包括了数个汉字，解读为：右上角的笔画像个“多”字，下边为“田”，而左偏旁极似“子”和“才”字，右偏旁像个“寿”字，故整个“福”字又可分解为“多子、多才、多田、多寿、多福”，巧妙地构成了福字的含义，极富艺术性，且意味深长，是古往今来独一无二的“五福”合一之“福”字。由于

北京恭王府的康熙御笔亲题“福”碑

其中的“田”部尚未封口，因此是洪福无边、无边之福。民间则称其为“五福之本、万福之源”。

现在，这块在乾隆年间神秘失踪的“康熙御福”石碑，被发现珍藏在曾是乾隆皇帝宠臣和珅府邸的恭王府后花园的秘云洞内，如果您有机会游览北京恭王府，一定要去观瞻一下这个“天下第一福”，沾沾福气！

认识了一个很复杂的字——爨

摄友在周末打电话约我去一个古村落采风，我在电话中始终没有听明白这个村的名字。

爨底下村头的照壁上有一个很大的“爨”字

来到这个距北京城区百公里左右、位于门头沟区斋堂西北峡谷中部的古村，才知道这个村的实名应为“爨底下”。因在明代“爨里安口”（当地人称爨头）下方而得名。

爨底下村在2003年被国家建设部，国家文物局评为首批中国历史文化名村。到此一游，让我认识了一个极为繁复的生僻字“爨”（发 cuàn 音，古音读作 chuàn），细细一数，该字竟然有三十笔。此字难写难认，会写则成爨，不会写则成一片，故而用谐音“川”字代之，但仍发爨音。据了解，当地人为了方便记住这个字，还有一段将该字拆开背诵的口诀：兴字头（“爨”字的上部为繁体的兴字），林字腰，大字下面加火烧。大火烧林，越烧越兴，岂不很热，因而爨底下人全姓韩，取谐音（寒）则为冷意。当地百姓就用这种方式在心理上取得了五行之中的平衡互补，确为妙招。

一副有趣的对联

文殊院坐落于成都市中心，占地 90 余亩，中国佛教禅宗四大修持场所之一。在文殊院的三大士殿前挂的一副对联，很有禅意。上面写的是“见了便做做了便放下了了有何不了，慧生于觉觉生于自在生生还是无生。”

由于该楹联没有标点符号来断句，据说可以有多种读法。我伫立在此幅楹联前想了一会，觉得应该是这样念才符合它里面的禅意：

见了便做，做了便放下，了了有何不了；慧生于觉，觉生于自在，生生还是无生。

当然，也有人这样念：

见了便做，做了便放下了，了有何不了？慧生于觉，觉生于自在生，生还是无生？

按导游的说法这副对联有多种念法，根据你如何断句来定。不过我仔细一想，这副楹联在我曾经去过的武汉归

成都文殊院中的对联

元寺藏经阁前也悬挂有。归元寺和文殊院都有悠久的历史，不敢说谁抄袭谁，但抄袭这种风气，大概学术界有，佛界也难幸免，总是因为好句子、好对联实在不多，为了表达心境也只好如此。

从崇祯的谥号看朱由检其人

在北京的景山公园内，有一块石碑（如下面照片）是特别吸引游人驻足的，那就是明朝最后一位皇帝崇祯自缢处的“明思宗殉国处”碑。

这块碑是1930年由当时的故宫博物院请沈尹默书写的勒石，1931年立于老槐树旁。碑高2米，正面纵题“明思宗殉国处”六个大字。其中“明”字以“目”和“月”组成。右侧的上款为“中华民国十九年三月”，左侧的下款为“故宫博物院敬立”。

碑上的“思”即为明朝崇祯皇帝朱由检的谥号。所谓“谥号”是人死之后，后人给予评价之文字。一般末代皇帝的谥号由后代皇帝给。“谥”，新华字典中解释：我国古代，在最高统治者或有地位的人死后，依其生前事迹给予评价的称号，也叫“谥号”。

朱由检的谥号有两个，一个是在明朝覆灭后由偏安一隅的南明所给，南明追谥为“思”，即明思宗。后来清朝追谥为“怀”，即明怀宗，为庄烈帝。

了解一个历史人物，他的谥号是很有价值的研究资料。在这里，我们不妨根据崇祯皇帝朱由检的谥号来分析一下朱由检其人。南明给朱由检追的谥号是“思”，《谥法》曰：辟土兼国曰思，是个褒谥，因为南明为朱家后代所建立，所以给出了褒义的谥号。再来看看清朝给的，是“怀”，《谥法》曰：慈仁短折曰怀，这是平谥，表达了对他的

北京景山公园中的“明思宗殉国处”碑

同情。这是两个典型的不同立场人给出的谥号。不过从谥号中可以看出朱由检还是不错的。

朱由检（1611—1644），是中国历史上最为勤勉，同时也是最具悲剧色彩的皇帝。“无力回天”这四个字，可以概括崇祯的一生。史料记载，朱由检是一个十分矛盾的人，一面对天下不停地加税，一面又采用各种方法来缓解压力，几番下罪己诏；一面刚愎自用，多疑猜忌，崇祯朝前后换了55位内阁大臣，史无前例，一面却又虚怀纳谏，崇祯时常在平台召见各类大臣，经常自习过问听取意见。

总体来看，崇祯有鸿鹄之志，勾践之奇，这是不可否认的，而且他极为自律，据记载，崇祯登基之后，他每天的睡眠时间不超过4个半小时，工作极为勤勉。但他没有曹操的雄才大略、慧眼识珠以及魏武挥鞭的英雄气，也没有李世民的虚怀若谷、怒而自省，更没有刘邦那种中庸内敛的大道。空有一腔热血和自律，在和平年代尚可，遇到乱世，他是没有能力保住江山的。所以崇祯死后不久就有人做了很中肯的评价，“在万历之前非亡国之君，万历后必亡”。

十六岁登基的崇祯在执政时，明朝正处于内乱、外患、地方势力割据、庞大的文官集团把持朝政，整个明帝国可谓内忧外患，风雨飘摇。崇祯勤俭勤勉，兢兢业业，付出全部的精力与明末庞大的文官集团抗争，十七年来用尽心力意图复兴明室，最终城破自缢。崇祯在临死之际所留遗书十分悲怆：“朕自登基十七年，逆贼直逼京师，虽朕薄德匪躬，上干天怒，致逆贼直逼京师，然皆诸臣之误朕也，朕死，无面目见祖宗于地下，自去冠冕，以发覆面，任贼分裂朕尸，勿伤百姓一人。”

非亡国之君，当亡国之运。对于这样一个人，简单地用好与坏是难以评价的。在我看来，崇祯确实是个令人痛恨又同情的悲剧人物。

孔子的“非礼”

通州“三庙一塔”景区中，在燃灯塔的塔基旁边我看到了一处很有意思的石雕，见下图：

这三个雕刻生动的石猴，由上到下一个捂着耳朵，一个捂着眼睛，一个捂着嘴巴，形态让人忍俊不禁。其实，这样的石雕我在其他的一些景点也曾见过，它来源于孔子《论语·颜渊》篇中的一段著名论述。原文为：

颜渊问仁。子曰：“克己复礼为仁。一日克己复礼，天下归仁焉。为仁由己，而由人乎哉？”颜渊曰：“请问其目。”子曰：“非礼勿视，非礼勿听，非礼勿言，非礼勿动。”

其中的“非礼勿视，非礼勿听，非礼勿言，非礼勿动。”翻译成现代汉语就是“不合乎礼教的东西不能看，不合乎礼教的宣传不能听，不合乎礼教的话不能说，不合乎礼教的事不能做。”

通州“三庙一塔”景区中，燃灯塔旁的三猴石雕

估计可能是“非礼勿动”这句话难以像“非礼勿视，非礼勿听，非礼勿言”用捂眼、捂耳和捂嘴来形象地表达，结果在制作雕塑时就将这著名的“四非礼”变成“三非礼”了。

什么是礼教？什么又是不合乎礼教的东西？孔子在这段话中没有说清楚。而是说了一些冠冕堂皇、闪烁其词的话语，让人不免有些雾里看花，扑朔迷离。但用今天的眼光来看，孔子的这段“非礼论”还是有很强的教育意义的，人们生活在社会中就得受到伦理道德及法律法规的约束，同时也得有良心和正义感，“人在做天在看”，不能胡作非为，只有这样才能实现“天下归仁”的理想世界。

见到了“衣冠禽兽”

广东东莞的鸦片战争博物馆中有一部分内容是关于清朝官员制度的。我在参观这一部分看到一幅清朝官员身着朝服的画像时，脑海里突然冒出了“衣冠禽兽”这句成语。

“衣冠禽兽”一词在辞海和成语词典等很多工具书中几乎都被解释为贬义。比如上海辞书出版社 1979 年出版的《辞海》中，即非常直接地解释为：衣冠禽兽，比喻品德败坏的人。谓这种人虚有人的外表，行为却如禽兽。

但追本溯源，“衣冠禽兽”一词最早系来源于明代官员的服饰。明代官员的服饰规定：文官官服绣禽，武将官服绘兽。因此，人们称文武官员为“衣冠禽兽”。可见，“衣冠禽兽”当时曾是一个令人羡慕的赞美词。但到明朝中晚期，官场腐败，文官爱钱，武将怕死，欺压百姓，无恶不作。“衣冠禽兽”这才演变成为非作歹、如同牲畜的贬义词。此后，老百姓遂以“衣冠禽兽”指称为非作歹、道德败坏的文武官员。

展馆中的清朝文官着装画像

清朝一至九品文官的补子

亦用来泛指外表衣冠楚楚，行为却如禽兽般卑劣之人。

清朝将明朝取而代之后，也基本上借鉴了明代官员的服饰模式。清代官员的朝服上有一块方形图案称为补子。补子又分为文官、武官两种。清代官服补子大体与明朝官服补子类似。不过清朝文官补服上的禽鸟与明朝最大的区别是清朝文官补子上的禽鸟只有一只，而明朝文官补子上的禽鸟则是两只，明朝和清朝武官补子则都只有一个走兽。

在清代，文官朝服上的补子图案为：一品仙鹤，二品锦鸡，三品孔雀，四品鸳鸯，五品白鹇，六品鹭鸶，七品鸂鶒，八品鹌鹑，九品蓝雀。武官朝服上的补子图案为：一品麒麟，二品狮子，三品豹，四品虎，五品熊罴，六品彪，七品和八品犀牛，九品海马。另外，御史与谏官均为獬豸。獬豸乃神兽，专司辨别忠奸。

补子上除了有飞禽走兽外，还绣有海水和岩石的图案，寓意“海水江崖，江山永固”的意思。

官服上的补子均是由南京、苏州、杭州即江南三织造定做进贡的，用料讲究，做工精良，尺寸、图案都有严格规定，官员不能私自改变身上与其品级相对应的官服。

也说“朝珠”

在广东东莞的鸦片战争博物馆中，我看到了一串清朝朝珠的原物。原来在古装电视剧和电影中看到的朝珠都是一晃而过，以为只是将一些珠子串联在一起的一挂珠子项链而已。现在有一个原物摆在面前，仔细端详，发现竟然是袖里乾坤，门道颇多。

看了展品的说明，又查阅了一些资料，想不到朝珠竟然有如此多的讲究。

朝珠是清朝礼服的一种佩挂物，由于清代皇帝信奉佛教，因而朝珠是由佛教的念珠演化而来。由所附的照片可以看出，朝珠通常由身子、佛头、背云、纪念、大坠、坠角六部分组成，每串朝珠的珠数都严格规定为 108 颗。“佛头”共有 4 颗，色泽和大小一致，直径比朝珠大一倍左右，每隔 27 颗珠子加入一个“佛头”，将 108 颗朝珠四分，也称之为“分珠”，据说是寓意四季。朝珠顶部的那颗佛头上，连缀一塔形“佛头塔”，其穿孔的方式为倒置的“T”字形，即把朝珠的两头各从对穿的孔的 头穿进，然后都从中间上部的孔中穿出，合二为一。佛头塔的顶端用阔丝带系缀有一块宝石大坠子，大坠上端还垂有一块宝石，称之为“背云”。葫芦状佛头塔的两侧又有三串小珠串，每串 10 粒，珠串的末端各有用银丝珐琅裹着宝石的小坠角，称为“纪念”。

清朝的朝珠

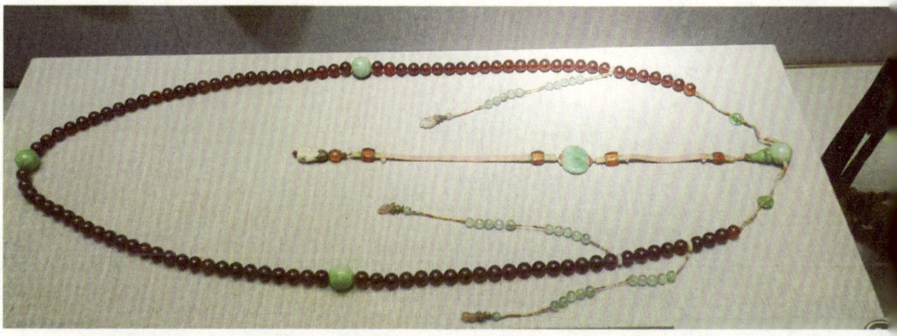

据说这三串纪念，当时美其名曰为“三台”。备挂时将朝珠挂于颈项之中，以佛头紧贴后颈与后脑相垂直，前胸出现的三颗佛头作中心对称，后背的“背云”紧靠后背心。朝珠也不是所有官员都有资格佩带的，根据清朝政府规定，凡文官五品、武官四品以上的，本人及妻室或儿女和军机处、侍卫、礼部、国子监、大常寺、光禄寺、鸿胪寺等所属官员穿着朝服时，才得挂用。朝珠的质料多用东珠（珍珠）、翡翠、玛瑙、琥珀、珊瑚、象牙、蜜蜡、水晶、青金石、玉、绿松石、碧玺、伽楠香、芙蓉石等宝石琢制，以明黄、金黄及石青色等诸色绦为饰，由项上垂挂于胸前。清代朝珠的绦用丝线编织，颜色等级分明：明黄色绦只有皇帝、皇后和皇太后才能使用；全绿和金黄色绦是王爷所用；武四品、文五品及县、郡官为石青色。妇女悬挂的朝珠，与男子所佩者略有不同。其区别主要看朝珠上的“纪念”，两串在左者为男，两串在右者为女，两者不能颠倒。

一串小小的珠子竟然搞得如此的繁文缛节，必然要引起上行下效，致使奢靡之风横行，最终必然导致低效和腐败。想当初，清朝的奠基人努尔哈赤（后世称“清太祖”）带领他的子民胡服轻骑、驰骋疆场、所向无敌时，脖子上哪里挂有这种碍手碍脚的劳什子。所以，清朝曾经骁勇善战的八旗子弟被大量地废掉，成为成天提笼架鸟的纨绔子弟，恐怕与这串珠子不无关系吧？！

北京孔庙中莫言题字的龙匾

北京的孔庙和国子监是紧挨在一起的两个景点，这两个景点间通过其间的十三经碑林大厅连在了一起。当你游览了孔庙后走向国子监时，就会经过十三经碑林展览大厅的门口。走近门口，游人们的目光

这是北京孔庙里莫言题字的龙匾，悬挂在十三经碑林展览大厅的入口。如果去北京孔庙游览时，可以仔细观看一下

往往会被门上那块鲜艳的匾额所吸引。这就是诺贝尔文学奖得主莫言所题写的“乾隆石经”匾额。

说实话，莫言的这几个字还是写得不错的，但匾额的几处不当则可能引起知晓中国文化传统知识者的非议。

这块匾额的第一处不当是它的书写方式，因为它采用了从左到右的书写方式。众所周知，中国传统的书写习惯是从右到左。虽然自1949年新中国成立后，中国大陆的出版物一般都采取了从左到右横排的方式，但书法作品的书写、碑匾的制作仍基本沿袭从右到左的传统。以现代建筑物来说，题匾从左到右，或从右到左写都可以，但北京孔庙是传统文化重地，是宗庙，其中的文字表达，自有规制。所以此地题匾，应遵旧制，从右向左。尤其是此块的制式为龙匾，本身就是旧制形式，如果在这样的地方以这样的古典制式悬挂一块有违传统规则从左到右书写的匾额，便难免会引来讥讽和嘲笑。

这块匾额的第二处不当是僭越而作。匾额的四周镶嵌了金光熠熠的龙形花纹，这种形式的匾额在古代属于龙匾。在封建社会里像这样制式的匾额为皇家专属，他人乱用就是犯僭制的大罪。所谓“僭”，在新华字典中的解释为“超越本分，古时指地位在下的冒用在上的名义或器物等等”。请名人题写匾额是中国传统，作为诺贝尔文学奖得主的莫言，自然算得上名人，为人题写匾额也实属正常。我猜想，北京孔庙的管理者之所以会请莫言题匾，估计是看在莫言为诺贝尔文学奖获得者这一身份，故而理所当然地以为莫言的题匾，与孔庙的文化地位相得益彰。但这块匾额悬挂的地方是孔庙，因此有人质疑在孔庙这样具有神圣性的文化重地请一位当代作家题写一块龙匾，是否合适？

装满箱子去上学

北京科举匾额博物馆中陈列了很多与科举有关的匾额。这块题有“鼓箧上庠”的匾额令我破费思量。是什么意思呢？查阅了一下字典和相关资料，第一个字“鼓”，意为“装满”；第二个字“箧”，意指箱子一类的东西；第四个字“庠”，指古代的乡学，也泛指学校。连起来理解就是装满了箱子去上学，估计是家里为新考上的贡生所题。这让我想起在一些电影和戏剧中看到的古代的富家子弟出门上学总有一个仆人挑着一担箱子跟在后面的情形。“箧”和“庠”这两个字对现代人而言都有点生僻，我也是查了字典将这两个字再确认了一下，权当加深印象。这是一块有点好玩的匾额。

北京科举匾额博物馆中的“鼓箧上庠”匾

“制曰”与“诏曰”的差异

云居寺位于北京西南房山区大石窝镇水头村，为全国重点文物保护单位。

云居寺虽然偏居一隅，但却是国内外著名的佛教寺院，享有“北方巨刹”的盛誉，寺院中不仅藏有“佛教三绝（石经、纸经、木板经）”与千年古塔，而且还珍藏着令世界瞩目的佛祖舍利，与中国北京八大处的佛牙、陕西西安法门寺的佛指，并称为“海内三宝”。

云居寺中还设有好几个专展，展出了不少从全国各地收集的珍贵文物。如这张大清嘉庆皇帝的黄绫圣旨就是从安徽省收集来的，圣旨用满、汉两种文字写成。仔细查看这份圣旨，很有意思的是这张圣旨用“奉天承运、皇帝制曰”而不是我们通常在电视或小说上看到的“奉天承运、皇帝诏曰”来开头。通过这个展品的介绍，我了解了“制曰”与“诏曰”的意思是不同的。“诏曰”是昭告天下，而“制曰”是通禀地方。

这份圣旨的大致意思是表彰一位地方官员廉洁奉公，卓有成效，并册封其家属。

北京云居寺中收藏的圣旨

从一件展品谈古代人的“坐相”

参观北京首都博物馆举办的“美·好·中华——近二十年考古成果展”，我在一件名为“彩绘跽坐女俑”的展品（如照片所示）前仔细观看，停留良久。这是一件很有意思的展品，它形象而生动地向我们展示了我国古代人们的一种坐姿。

彩绘跽坐女俑

小时候，有时听到大人训斥小孩时会说“坐没坐相”，那么什么是“坐有坐相”呢？这还真不是三言两语就能说清的。追溯一下“坐相”的变化过程，我国古人的“坐”以今天的理解实质上是一个类概念，这种行为方式大致可细分为：坐、跪、跽、踞、跏趺和垂足坐等。中国古代的坐、跪和跽是三种比较易混淆的状态，它们的差别主要是在身体的纵向方面。

坐：中国古代的坐严格来讲实际上是两膝相并，双足在后，脚心朝上，臀部落在脚跟上。现在日本、朝鲜民族仍是这种坐法。在这种坐的基础上又可根据古人腰部的不同状态分为：危坐、安坐与凭坐三类。危坐即直腰端坐，成语“正襟危坐”就是指这种坐姿。在古代的礼法观念中，它是最正统的坐相。安坐时人的腰部比较放松，在礼制上不如危坐严谨。凭坐主要指凭几而坐，这种坐在闲居时较多采用。

跪：跪与坐类似，《四书释地》中解释为：“两膝著地，伸腰及股而势危者为跪；两膝著地，以尻著跖而少安者为坐。”由此可见跪是两膝相并，双足在后，脚心朝上，臀部不落在脚跟上。跪是一种重要的礼节，在素有“礼仪之邦”的中国具有重要的意义。如《史记·廉颇蔺相如列传》：“于是相如前进缶，因跪请秦王。”

跽：跽与跪类似，《说文解字》：“跽，长跪也。”长是耸身、身体加长。跽就是跪而耸体，即两膝相并，双足在后，脚心朝上，膝以上部分直起。它也是一种由坐到站的过渡状态。如《史记·鸿门宴》：“项王按剑而跽，曰：‘客何为者？’。”

至于“踞”、“跏趺”、“垂足坐”等坐相，限于篇幅就不赘述了。

我们现在都知道，古人这几种坐姿确实都不舒服。可是古人为什么却要那样子坐呢？原因说起来也简单，因为那个时候凳子还没有传入中国，大家都在席子上坐。而当时中国人也没有发明出来厕纸，又没有穿内裤的习惯，下裳都是没有裆和胯的。如果盘腿坐，很容易走光，这样就显得很不庄重，也有碍男女大防。如果两腿在前席地而坐，就很容易把衣服蹭脏，而且也妨碍吃饭，同时也很难快速站起来。思来想去，还是跪着坐，这样既可以快速站起来，又不会把衣服弄脏，而且也不妨碍吃饭和交谈。唯一的缺点是很不舒服。直到唐代的时候，凳子才开始传入中国。当时称为胡床。宋代开始大家都比较小资，觉得跪坐不舒服，坐凳子就流行起来了。日本人至今仍延续着跪坐的古俗，这应该是由于他们的遣唐使学习了唐代的礼仪的缘故。

特有所指的变体字

在一些地方旅游，有时会遇到一些看似相似但却又觉得有点别扭的字，这些字或缺笔少划，或偏旁部首不在其正常的位置，这就是古代文人或高僧喜欢玩弄的一种变体字，以用一个字来表达一种意境。

杭州孤山位于北侧外西湖中，海拔 35 米，面积约 0.22 平方公里，为栖霞岭的支脉，也是西湖中最大的岛屿。山上林木葱蔚，多历代人

杭州孤山的题字

武汉归元寺中的“回头是岸”匾。在武汉归元寺韦驮殿的背面，有昌明法师写的“回头是岸”四个大字。其中“岸”字，“山”旁不在顶上，而是被摆到了一侧。此书禅意在于，修行之人，要放下心中的包袱，不能把“山”压在心头

文古迹留存。孤山东西分别以白堤和西泠桥与湖岸相连，且岛上名胜古迹甚多，因此杭州人将“孤山不孤”，与“断桥不断”、“长桥不长”并称西湖三怪。孤山上主要的景观包括中山公园、浙江省博物馆、文澜阁、西泠印社、放鹤亭、秋瑾墓、俞楼、慕才亭（苏小小墓）等。

公园进门迎面石级上书有“孤山”两大字（如上照片），其中孤字没有一点，人们猜测其因书者为意喻“孤山不孤”而有意为之。

又如北京智化寺藏殿上所悬挂的匾额，上面的“藏殿”二字看起来总觉得有点异常，听讲解员说，藏殿两个字中的“藏”左边少些笔画，而“殿”字右边中间多了一个“点”，是

北京智化寺藏殿上所悬挂的匾额

故意写成这样的，因为佛教讲“舍得舍得，有舍才有得”。

沈阳故宫崇政殿的几点趣闻

崇政殿门上牌匾用满文和汉文书写的“崇政殿”。有人对满文有个形象的比喻“中间一根棍，两边都是刺，加上圈和点，就是满文字儿”。沈阳故宫的牌匾都是满文在左，汉文在右。而北京故宫的牌匾都是汉文在左，满文在右。因为满族人早期以西方为贵，根据“上北下南、左西右东”的方式，所以就把满文放在左侧。这是沈阳故宫与北京故宫的一处差别。

崇政殿内现在的陈设是乾隆东巡后按照北京故宫乾清宫的陈设摆放的。上面“正大光明”匾额为顺治皇帝御笔亲书。下面就是皇帝的宝座，据说宝座上绘制雕刻有 8 条金龙，再算上坐在宝座上的真龙天子正好是中国古代最大的阳数九条龙。

当年清太宗皇太极继位后励精图治，1636 年皇太极就是在这里发布诏书。将国号“金”改为“清”；改元“天聪”为“崇德”；改

这幅照片上的建筑就是沈阳故宫的“金銮殿”——崇政殿。此殿为清太宗皇太极召见臣下，宴请外国使臣以及处理大政的常朝之处。公元 1636 年，后金改国号为大清的大典就在此举行

沈阳故宫崇政殿上的匾额

“女真族”为“满族”。那为什么要改国号和族名呢？国号又为什么叫作“清”呢？据传当时皇太极请遍能人高手，为国家和民族改名。这群能人高手里有个在深山出家的老和尚，法号无然。无然长老给他出主意：明朝的“明”字光辉灿烂，属于“火”，要想灭火，就得用水，族号叫“满”，国号叫“清”，这“满清”二字都带三点“水”，六水灭火，可得中原天下。皇太极信服极了，要改就彻底改，把自己这个罕王也改了，干脆和大明朝并列，也就叫皇帝吧！

沈阳故宫崇政殿内的陈设

中国传统装饰中的“借物表意”

吉祥图案是我国古老的装饰艺术中的一个重要门类，其历史可以追溯到远古的石器时代。在那时的岩画或石刻创作中，它以图腾的形式出现。而后经历了商周的青铜器，秦汉的画像石、画像砖、隋唐的石雕、宋元的花鸟画、明清的织绣、瓷器等方方面面，这一艺术形式越来越趋于成熟。它渊源久远，内涵丰富，善祷善颂，为人民大众喜闻乐见，显示出蓬勃的生命力，是中国传统艺术宝库中的一颗明珠。

沈阳张作霖故居大帅府中的墙角装饰

这种吉祥图案中经常采用借物表意的方式来表达祈福或愿望，运用动植物的读音和隐喻等手法，以示寓意。

在中国的古建筑中，经常在砖雕或石雕上运用一些图画来寓意吉祥，如沈阳张作霖故居大帅府中的墙角装饰，石雕图案为一只猴子骑在马上，“猴”与“侯”同音双关。猴子骑于马上，“马上”为立刻之意，意喻“马上封侯”。侯为中国古代分五等贵族爵位的第二等级，这里泛指达官权贵，此图寓意功名指日可待。

这是哈尔滨中央大街的冰雕。这个冰雕是一只雄鸡立在大象背上，鸡在象上，意喻“吉（鸡）祥（象）如意”。就如猴子骑在马上的画像或雕刻，意喻“马上封侯”一样。这也是中国传统的借物表意的手法

“且”的另一层含义

人类早在原始社会就有生殖崇拜，它是原始先民追求幸福、希望事业兴旺发达的一种表示，是对生物界繁殖能力的一种赞美和向往。这也可以从我国汉字的演变过程中表现出来，如我国自古至今有“祭祖”习俗，这“祖”的古字为“且”，即是男根的象形文字。我国考古工作者从中原到湖广的广大地区，都发掘出大量用于奉祀崇拜的陶且、石且、玉且、铜且。在埃及底比斯和卡纳克大寺院的壁画中，诸王诸神的像都画着勃起的阴茎。古希腊和古罗马的雕像也都突出了男子生殖器。在我们周边的邻国也都有崇拜生殖器的传统。今天，距离产生生殖崇拜的时代已经很遥远了，但是，由生殖崇拜衍生出来的生殖崇拜文化，却包含着人类多方面灿烂文化的萌芽，并仍然潜移默化地影响着当代的人类。

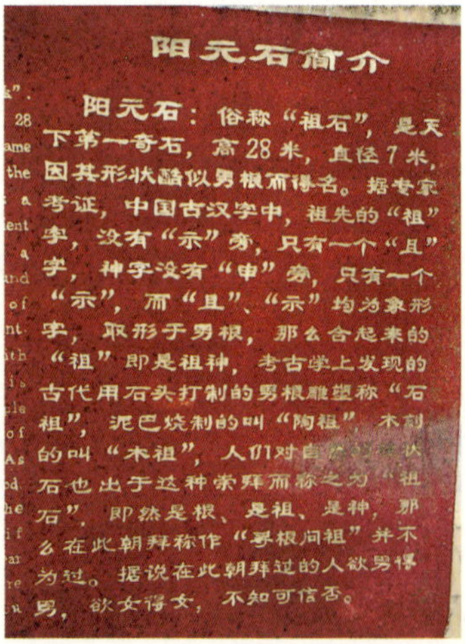

这是广东丹霞山景区的观景台上对景区中最著名景点阳元石的介绍，里面讲到了“且”字含义的演变，从一个方面体现了我们的先祖崇拜生殖的渊源

这是柬埔寨前吴哥时期的文物——林伽。这个男性生殖器样的器物被认为是湿婆大神的化身，威力无穷。这个模样其实也很像中国的汉字——且

九九消寒图

《九九消寒图》

首都博物馆《走进养心殿》展览中，挂着一副看起来有点不伦不类的“字画”，上书“亭前垂柳珍重待春风”。说它是“字画”却没有书画作品那样的落款、印章等，字体也四平八稳没有特点。听了讲解员的现场介绍，才知道这幅“字画”叫“九九消寒图”，长知识了。

九九消寒图是中国北方的一项传统民俗，与数九的民俗密切相关。《走进养心殿》展览中的这幅《九九消寒图》是一幅双钩描红书法“亭前垂柳珍重待春风”，均为繁体字。九个字每字九画共九九八十一画，从冬至开始每天按照笔画顺序填充一个笔画，每过一九填充好一个字，直到九九之后春回大地，一幅九九消寒图才算大功告成。也称作“写九”。

现在看来，绘制《九九消寒图》可谓一举几得：一是农业生产需要之举。古代由于受科技发展的限制，没有为农业生产的专业气象服务，因此人们通过记载九九当中阴、晴、雨、雪以及各种天象的变化，用来印证谚语，预卜来年丰歉；二是寓教于乐之举。通过这种方式可对幼童进行识字、写字和历史知识、自然常识的启蒙教育；三是娱乐消遣之举。画九、写九实为高雅的文字游戏，在文化娱乐生活相对比较贫乏的古代，和灯谜、酒令、对联等有着异曲同工之妙的画九、写九，便自然而然成为文人墨客、富足之家的一种雅兴娱乐消遣之举；四是熬寒无奈之举。在日历远未普及的年代，千里冰封、寒风凛冽的冬天也是穷苦百姓最难熬的日子，画九、写九也透露了冬闲中最广大百姓熬冬盼春的几分无奈。

“亭前垂柳珍重待春风”这九个字都是九画，从冬至交九开始，每天一笔，写完共需九九八十一天。从“伸不出手”的一九二九写到九九，便是“九尽桃花开”了。再往前走，九九加一九，就是“耕牛遍地走”的春分了。春回大地，万物复苏，春耕开始了。“写九”消寒，始于清代道光初年。

山东长岛显应宫中的“享于克诚”牌匾

在山东长岛庙岛的显应宫中，悬挂着一块“享于克诚”牌匾。就我所知，“享于克诚”这四个字有着非常丰富的内涵。“享于克诚”出自我国最早的一部史书《尚书·太甲下》中的“鬼神无常享，享于克诚”一句。享：享受祭祀；克：能够；诚：笃信鬼神的虔诚。此话用现代的语言来说，就是“鬼神并不接受每一个人的祭祀，只有诚心的祭祀，鬼神才肯接纳。”因为鬼神不是一两个，所以供奉的祭品，他们也不能经常享受到，只能享受到那些虔诚信徒的供奉，只有他们才会经常来祭祀。

“鬼神无常享，享于克诚。”也被认为是我国“诚信”概念的最早出处。它就像“诚信的祖宗”，凡谈诚信，此句便被广泛引用。

庙岛显应宫中“享于克诚”牌匾

其实，对于这句话，我觉得古人与今人的理解还是有一些区别的。古人说“享于克诚”，带有虔诚的宗教信仰色彩；今人说“享于克诚”，已摆脱宗教色彩，泛指道德领域的诚信概念。诚信思想是中国传统文化宝库重要的思想资源，对中国历史发展产生了广泛而深刻的影响。千百年来，中华民族视诚信为自身的行为规范和道德修养，使诚信成为安身立业、社会交往、治国安邦之根本。历代思想家不断挖掘提升它，统治者使之以封建纲常的形式维护其阶级统治，社会大众使其内化为我们民族的一种精神特质并经世致用。诚信之德在中国封建社会起到了一定的积极作用。

时至今天的市场经济时代，“诚信”二字尤为重要。仔细学习，积极推广这句话，对于当今的诚信建设也是很有裨益的。

“九”字的应用

在中国，有不少景点的名称喜欢用到“九”字。如“九宫山”、“九丈崖”等。

照片中这根孤立突兀的石柱是山东长岛九丈崖景区中著名的“九叠石”，据说是由九块风化石自然累叠而成。其实若仔细数一下，我看不止九块石头。我想，这个景区取名为“九丈崖”以及这根石柱取名为“九叠石”并非是以它们的实际高度或实际数量来命名的，九丈崖并非其高度就是九丈，九叠石的石头数量也不止九个。因为“九”在中国传统中是基本数字中最大的一个，古人常用“九”来形容极大，如最高的天穹称为“九重天”、皇帝称为“九五之尊”、皇宫屋顶的脊兽数量为九个、故宫上的门钉为九九阵列等。

山东长岛九丈崖景区中著名的“九叠石”

甚至我国古代一些钱币上的字也遵循了以九为大的规矩，如宋代货币“皇宋通宝”上的文字就是用九叠篆书写。九叠篆原是一种流行于宋代的“国朝官印”字体，主要用于印章，其笔画折叠堆曲，均匀对称。每一个字的折叠多少，则视笔画的繁简确定，有五叠、六叠、七叠、八叠、九叠、十叠之分。之所以统称为“九叠”，则是因“九是数之终，言其多也”。

跟风《长城》说饕餮

参观古代青铜器展览，你若稍加注意，就会发现不少青铜器上都有一种名为“饕餮”的纹饰。张艺谋导演的好莱坞大片《长城》上演后，贯穿全剧的吃人怪兽“饕餮”也引起了人们的热议。“饕餮”到底是何方神圣？我结合自己原来参观过的展览和查阅的资料也来“妄议”一下，凑个热闹。

“饕餮”（音 tāo tiè）这两个字给人们最初的印象就是字形繁缛，笔画一共有 40 笔（第一个 22 画，第二个 18 画）。对于“饕餮”的解释是传说中的一种贪吃凶残的猛兽，常见于青铜器上，用作纹饰，称为饕餮纹……与之相关的成语有“饕餮之徒（指贪婪贪吃之人）”、“饕餮盛宴（指有很多吃的东西、很多美食的宴会）”、“饕风虐雪（指狂暴肆虐的风雪）”等。

司母辛铜方鼎上刻有饕餮纹饰

“饕餮”一词起源于轩辕黄帝大战蚩尤的传说，蚩尤被斩，其首落地化为饕餮。据传饕餮好食，举凡目所及，无所不食，若天下食尽，则将自食己身。作为长相凶恶的吃人怪兽，饕餮千百年来都被视作贪婪的象征，电影《长城》将这种怪兽作为人类存亡的最大威胁，我想是有其特定的含义的。

这件青铜器名为“铜瓿”，上面也刻有特征明显的饕餮纹饰

其实，饕餮并非一开始就是贪婪的象征，它也曾经作为威慑九州的神兽而被铭刻在大量青铜器皿之上。现在，如果您去参观青铜器展，就可以发现殷周时代鼎彝上常刻的装饰纹就是饕餮，其脑袋狰狞，双目炯炯，赫然有神，鼻梁凸出；首部有一双弯曲的兽角或足；巨嘴大张，利齿如锯，身躯拱起，两边有一对利爪。两侧有一对肉翅，形如耳朵。这个时候的饕餮纹是一种显示奴隶主威严、荣贵的象征，体现了人对于神的敬畏。

这是在首都博物馆中举办的“殷墟妇好墓考古发掘四十周年特展”上展出的“司母辛铜方鼎”，此鼎重达120公斤，是商代的大型祭祀重器，上面就刻有饕餮纹饰。据考证，饕餮是商周鼎的主要纹饰。国之重器，一言九鼎，在华夏先民心目中处于民族“图腾柱”的地位。商朝之后，周鼎上的纹饰从商鼎的纯饕餮纹上进一步演化，主要由饕餮纹和云纹所组成，以饕餮为中心，云纹环绕其周围。

二十三、原来古人也“呵呵”

在一家博物馆参观古代书画展，欣赏宋代著名书画家米芾的《葛君德忱帖》时，看到一处不禁心中莞尔，其中有几句的内容是这样的：“御寇所居，国不足，岂贤者欲去之兆乎？呵呵！”想不到这幅帖中竟

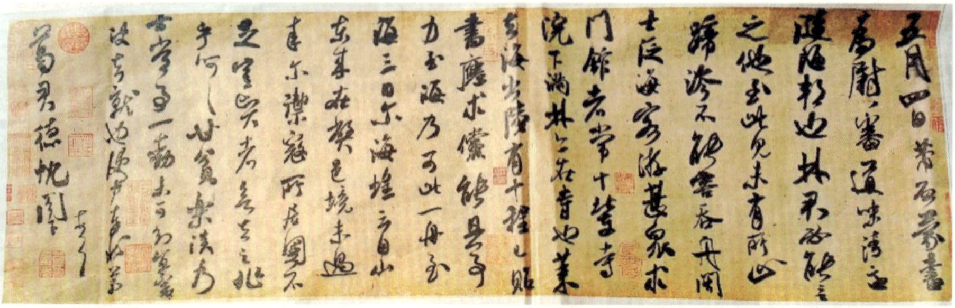

宋代著名书画家米芾的《葛君德忱帖》

然有“呵呵”二字（见所附照片），原来我们眼中这些风流文雅的古代名士早就用上了当今这一网络聊天中最令人抓狂的字眼！

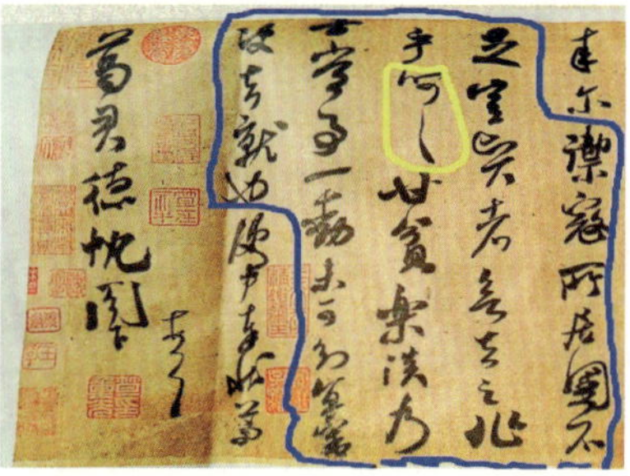

米芾《葛君德忱帖》的局部，蓝色线条包围部分的句子为：“御寇所居，国不足，岂贤者欲去之兆乎？呵呵！甘贫乐淡，乃士常事，一动未可知，宜审决去就也。”黄线所圈即为“呵呵”一词

若再仔细追溯一下，发现米芾也不是“呵呵”二字的首用者，比米芾早出生十多年的宋代大文豪苏东坡在写信中就经常用“呵呵”一词。如他写给好友鲜于子骏的信（《与鲜于子骏》）中就有：“近作小词，虽无柳七郎风味，亦自是一家。呵呵。”而他留下的大量短则十余字、长则百字书简中，多处可见“呵呵”二字。所以苏东坡是否是有据可查的“呵呵”鼻祖不得而知！

现在看来，“呵呵”二字已被我们玩坏了。“呵呵”本是一个拟声词，但在网络上用滥之后就失去了苏东坡和米芾使用时的那种豁达豪放之意，偏离了最初的本义。或为淡然一笑，或为回避交流内容，或为调侃，或为冷笑……发一个呵呵，语意令人费解，回应了对方，又表明自己一笑了之的态度，对于发“呵呵”的人是再简单不过的事。然而，看到“呵呵”的人心里却很迷惑。比如，想与朋友分享一件有趣的事

情进而交流一番，结果因对方的一声“呵呵”而难以为继；有时想请对方帮一下忙，语言中刚露出点端倪，对方随即对你说道：“呵呵”，你的下一步想法或要求就因一声“呵呵”戛然而止。“流言止于智者，聊天止于呵呵。”鉴于“呵呵”在交流时的副作用，喜欢用“呵呵”的朋友们以后要注意少用哦！

碑刻《五岳真形之图》——一个未解开的“千古之谜”

到泰山旅游，在景区中的好几个地方都发现有一块刻着奇怪符号的石碑，图形似道家之符，但又弯曲盘绕，画迹诡异，名曰《五岳真形之图》（如下面照片所示）。后来到其他的景区旅游，在一些道观中也发现有这样的石碑。

导游介绍，这《五岳真形之图》，系根据中华五岳的山脉纵横、高低盘曲、云林流水之像绘制而成的，是道观中必备的经典图案。但没有解释上面五个图符的具体含义。回来后查阅相关资料，才知道这《五岳真形之图》里面还颇有些“说头”。

《五岳真形之图》石碑

“五岳”是远古山神崇拜、五行观念和帝王巡猎封禅相结合的产物，后为道教所继承，被视为道教名山。它们分别是：东岳泰山（海拔 1532 米），位于山东泰安市；西岳华山（海拔 1997 米），位于陕西华阴市；南岳衡山（海拔 1512 米），位于湖南长沙以南的衡山县；北岳恒山（海拔 2017 米），位于山西浑源县；中岳嵩山（海拔 1440 米），位于河南登封市。五岳之首是泰山。古代封建帝王把五岳看成是神的象征，历代曾有 72 个皇帝到泰山封禅。这五座名山，皆俯视群峰，高大雄伟，按东西南北中，各居一方，犹如中华大地上的五座测量标志，故又号称为中国的镇山。五岳的产生，标志着中国古代对于建立大地宏观测量坐标与标志的模拟，在中国古代地理测量史中具有重要地位。

据载，碑刻《五岳真形图》曾分存五岳。现存年代最为久远的《五岳真形图》为泰安岱庙东碑廊的明洪武十一年（1377 年）刻石。在该碑上所刻的《五岳真形之图》中，其右上部刻东岳泰山真形图；右下部刻南岳衡山真形图；左上部刻北岳恒山真形图；左下部刻西岳华山真形图；中间则为中岳嵩山真形图。《五岳真形图》上的图符，各有特点，彼此表明什么，历来说法不一。有的说，这五个图符是分别表示五岳形状的，东岳泰山形体庞大，如巨人端坐，肃穆威严，因有“泰山如人坐”之说；西岳华山形体陡峭奇险，壁立如削，因有“华山如壁立”之说；南岳衡山形体如鸟翼，腾空而飞，因有“衡山如鸟

碑刻《五岳真形图》的上段局部放大图。其右上部所刻为东岳泰山真形图；左上部刻北岳恒山真形图；中间则为中岳嵩山真形图

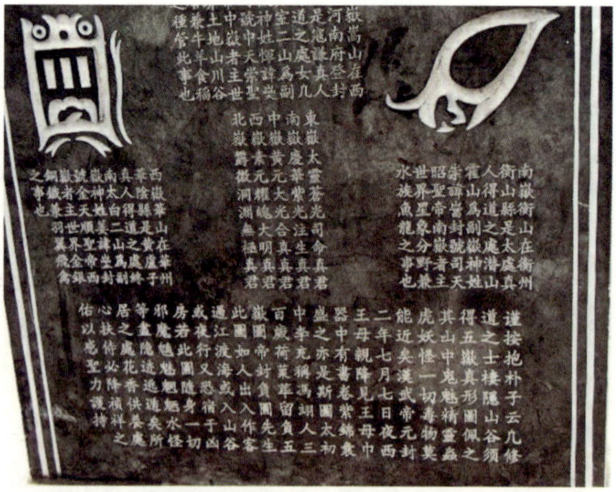

碑刻《五岳真形图》的下段局部放大图。其右下部刻南岳衡山真形图；左下部刻西岳华山真形图

飞”之说；北岳恒山，高峻谷深，如猿攀跃，因有“恒山如猿行”之说；中岳嵩山形体如人卧，外观奇伟，因有“嵩山如人卧”之说。也有人说，五岳真形图是代表“五行”演化而来的五个方位和五种物化。东岳图表示“木”，西岳图表示“金”，南岳图表示“火”，北岳图表示“水”，中岳图表示“土”。木、金、火、水、土，大地上“五行”俱全，况且古代“五行”说对五岳观念的产生起过重要的作用，这种说法似乎也有点道理。还有人说，五岳真形图是“四象”和土神的形象表示。东岳图绘的是青龙，西岳图绘的是白虎，南岳图绘的是朱雀，北岳图绘的是玄武（龟蛇），中岳图绘的是庙内土神。如此等等，众说纷纭。但究竟是什么？有待行家研究。

至于《五岳真形图》的用途，根据有关资料推测，它可能是流传近 2000 年的道教符箓，用作道士入山的护身符，民间也将其奉为避兵、消灾、免祸致福的护身符。按《抱朴子》中的记载，“凡修道之士，栖隐山谷，须得五岳真形图佩之，则鬼魅虫虎一切妖毒，皆莫能近”。

这些年，学术界对《五岳真形图》的研究有了进一步的收获。在《潜山真形图》后面有一段文字说明：“墨者山形，赤者水源，黄者洞室穴也。画小者则形微，大者则陇洪。高下随形，长短取象。其源画神芝草有室之处，自是后来出入皆于山处识而志之。”这段文字概括了五岳真形图绘制的方法和特点。从中我们可以了解到，早期的《五岳真形图》是彩绘的，与现存的黑白版不同。在《五岳真形图》的每一岳真形图上都用文字标明南北方位，用不同颜色标明了进山路口、山中的石室及各种芝草、仙药，有些还标明了水口位置。这些材料充分说明了五岳真形图的制作过程，即道士在实地考察五岳山形高低、水势走向和方位的基础上，根据五岳的地形、地貌特征绘制出来的一种便于进山修炼的地图。这样来看，《五岳真形图》就其表现形式和内容，可以称之为具体山岳的平面示意图，用专业的说法就是“等高线平面图”。

我想，如果真是这样的话，那么这种标注地形的方法与现代地理勘测学上使用“等高线”来描述地形的方式就有异曲同工之妙了。这样，有着悠久历史的《五岳真形图》就能在人类地图学史上占有一席之地，因为其中蕴涵有先进的地图绘制理念和方法。

时至今日，《五岳真形图》还没有一个获得大家共同认可的权威解释，上面的说法都是后人根据部分史料或传说进行的推测，因而这是一个至今仍有待研究解开的“千古之谜”。

遇到了“天罡北斗阵”图

小时候喜欢看武侠小说，对其中描写的一些阵法很是着迷，特别是被描写得神乎其神的道教全真七子的“天罡北斗阵”。没想到，在崂山仰口风景区游览时，一块名为“登天台”的巨石上就刻有“天罡北斗阵图”，让我将武侠小说中的一知半解又想了起来。

崂山仰口风景区登天台上的“天罡北斗阵”图

崂山仰口风景区登天台上这个巨大的石头名为“混元石”，上面刻有道教全真七子的“天罡北斗阵”图。武侠小说中描述“天罡北斗阵”是全真教中最上乘的玄门功夫，它是按北斗星座的方位，七人盘膝而坐，马钰位当天枢，谭处端位当天璇，刘处玄位录天玑，丘处机位当天权，四人组成斗魁；王处一位当玉衡，郝大通位当开阳，孙不二位当瑶光，三人组成斗柄。北斗七星中以天权光度最暗，却是居魁柄相接之处，最是冲要，因此由七子中武功最强的丘处机承当，斗柄中玉衡为主，由武功次强的王处一承当。

据称，若是陷入天罡北斗阵，除非将七人中打倒一人，否则决然无法逃出，阵中七人以静制动，击首则尾应，击尾则首应，击腰则首尾皆应，牢牢将敌人困于阵中，但是若深谙此阵奥妙，抢占北极星位，便能以主驱奴，制得北斗阵缚手缚脚，不得自由施展。后来，这一阵法成为全真派集体御敌的法宝，可单由七人布阵，也可由九十八人布阵，每七人一组，布成十四个“天罡北斗阵”，和每七个北斗阵又布成一个大北斗阵一正一奇，相生相克，互为犄角，名为“北斗大阵”，更是威力无穷。

在木垒县城遇见“老子”

我在新疆木垒县城中的“守静园”中游览时，发现园中有一座老子的雕塑，在塑像的底座上刻有一句“清静为天下正”的铭文，这引起了我的兴趣。通过以往对一些相关书籍的阅读，我知道老子作品的精华是朴素的辩证法，主张无为而治，以“道”解释宇宙万物的演变。如认为一切事物均具有正反两面，并能由对立而转化。而雕塑底座上的这句话亦是老子思想的一种体现。

这句话出自《老子》一书中的“躁生寒，静生热，清静为天下正”。翻译成现代话就是：浮躁可以产生寒凉，宁静可以生成温热，所以清静才是治理天下的正道。

新疆木垒县城守静园中老子的塑像，塑像的底座上刻有老子的名言“清静为天下正”。老子姓李名耳，字聃，是我国古代伟大的哲学家和思想家、道家学派创始人，约生活于前571年至471年之间，被唐朝帝王追认为李姓始祖。老子乃世界文化名人，世界百位历史名人之一，存世著作有《道德经》，其学说对中国哲学发展具有深刻影响

这句话确实有点让人难以理解，因为按照我们通常的经验，运动会产生热量，静止则会觉得清凉，但为什么《老子》中的这一观点却反其道而行之呢？

站立在老子的塑像前，这句令人费解的话让我陷入了沉思。一阵凉风吹过，身上一激灵，忽然有所顿悟：当我们在剧烈运动后会大汗淋漓，这时若有一阵风吹拂过来，是不是感到周身非常凉爽？可就往往是由于这种贪图一时的凉快，而使得我们被寒湿入侵而患上“伤寒之疾”，从而损伤了正气；反之，当我们觉得不舒服时，往往是宁愿静止不动地歇息，而正由于在这种情况下减少了不必要的活动，使得难受的部位减轻了不适感，这就是由于减少了对正气的消耗，促使体内热量积聚，从而达到对邪气的有效抵抗。我想，老子这句话也正是用大家在日常生活中的事例来主张不扰民的清静无为的治国之策（清静为天下正）。再将其引申到人类历史的发展过程，也可以进一步佐证这句话的合理性：如果政府都像残暴的秦王朝一样，为了统治者的欲望，劳师动众地大肆征伐，那么国家不就很快灭亡了吗？若统治者和政府可以予民休养生息，那么民富国强不就会指日可待了吗？

我不知道当初木垒县政府在修建这座雕塑时选择老子这句话的出发点是什么。选择这句话的始作俑者是否真正明白这句话中的深刻含

义呢？但在“唯 GDP 论英雄”的时代，能够不随大流而有这样的执政观念也是需要勇气的。

一个字概括的书法基本法则

在北京园博园中游览，我看到一面高大的石壁上镌刻着一个大大的“永”字，并在一旁注明了“永”字的书写方法。我知道，这就是在介绍我国流传了上千年的书法用笔法则——永字八法。

“永字八法”相传为东晋大书法家王羲之所创，他曾用几年的时间，专门写“永”字。他认为，这个字具备楷书的八法，写好“永”字，所有的字都能写好。以后，王羲之的七世孙智永又将这“永字八法”传给虞世南，再后来，经过很多书法家的传承就一直传了下来。

北京园博园中的“永字八法”崖刻

“永字八法”因其为书写楷书的基本法则，后人又有将八法引为书法的代称。永字八法，是以“永”字八笔顺序为例，阐述正楷笔势的方法。“永”字中的八笔，代表了中国书法中笔画的大体，分别是“侧、勒、弩、趯、策、掠、啄、磔”八划。在诸宗元所著《中国书学浅说》一书中，对这八笔如何运用做了简单明了的解说：

（1）点为侧（如鸟之翻然侧下。侧锋峻落，铺毫行笔，势足收锋）；

（2）横为勒（如勒马之用缰。逆锋落纸，缓去急回，不可顺锋平过）；

（3）竖为努（用力也。不宜过直，太挺直则木僵无力，而须直中见曲势）；

永字八法

（4）钩为趯（音 tì）（跳貌，与跃同。驻锋提笔，使力集于笔尖）；

（5）挑为策（如策马之用鞭。起笔同直划，得力在划末）；

（6）长撇为掠（如用篦之掠发。起笔同直划，出锋稍肥，力要送到）；

（7）短撇为啄（如鸟之啄物。落笔左出，快而峻利）；

（8）捺为磔（音 zhe）（裂牲为磔，笔锋开张也。逆锋轻落，折锋铺毫缓行，收锋重在含蓄）。

中国书法艺术，修身养性，传承千载，影响了一代又一代的中国人。书法造型虽形态纷繁，莫不以“点”为基始。由“点”引伸则横、竖、撇、捺各种笔画应运而生，得气象万千。另外，也可用永字八法来解字，解字的过程会让人产生一种似是而非的感觉，此时看到的字就已经不是单单的一个字，而是一个完美的结构，一个充满线条感的画。练字过程中运用该法，可以从字的结构组成来联系字的意思，从而得到自己对于这个字的独特感悟，创造出对于这个字的独特写法，长此以往就能形成自己独具风格的书法。“永字八法”流传至今已逾千年，成为无数习书者的学习宝典。

第四篇

民间习俗

充满智慧的古代杆秤

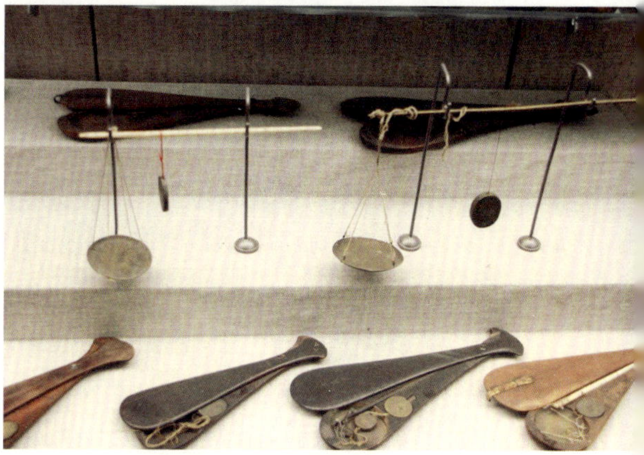
古代的精细称量工具——戥子

这是北京的晋商博物馆中的展品，这些微型秤称为“戥（音děng）子”。戥，原指厘秤，其最小称量单位为厘，但民间真正的厘秤极罕见，而多为分秤，习惯上人们也把精小的分秤称之为厘秤了。称量时，当秤砣线恰好压于某分度线，其精准度让人看得清清楚楚，此亦可谓之“登分”。在使用银两作为货币的时代，戥是微型精致的杆秤，用于称量零散金银或贵重药材，是旧时金融业必备的计量衡具。这个馆里展出了几十具这样的戥子，从一个侧面反映出当时山西金融业的繁荣。这些戥子在不用时都要保存在一个精致的扇形木夹中，如照片上所示。“戥”这个字现在有很多人都不认识这个字了，因为随着计量技术的进步，现在人们已很难看到这种物件了，但在一些老中药铺中仍可见一些老中医用此称量贵重药材。

说到中国古代的秤，让我想到了一个大家十分熟悉的成语叫作“半斤八两”，意思是两者的水平差不多或者是一样的，没有差别。对于没有经历过20世纪50年代的人，通常很难理解为什么“半斤”与“八两”就是相等的意思。这是因为，我国在20世纪50年代度量衡由“市制”改“公制”之前，中国用来称重的秤的基本单位“斤”是分成十六两的，即1斤=16两。这样，半斤的重量就是八两。

这就来了个问题，中国是世界上最先采用“十进制”的国家，“屈指计数，逢十进一”，华夏的先民恐怕在原始社会就已经采用了。但是我们翻翻历史，中国古代的度量衡进位制，只有在秤的“斤”的进位上，采用了“十六进制”。有人会说十六进制多麻烦呀。这就有个问题，难道我们的祖先会那么“傻”么？如果不是，那么为什么要采用十六进制？

最近看到，网上对于古代的秤为何采用一斤十六两的计量方法有一种很有意思的说法。大意是说，从秦始皇制定统一度量衡，到新中国成立之初，我国一直沿用的十六两秤叫十六金星秤，是由北斗七星、南斗六星加福禄寿三星组成十六两的秤星，告诫做买卖的人要诚实守信，不欺不瞒；如果有人使用秤时缺斤少两，就会减福、减禄、减寿。短一两无福、少二两少禄、缺三两折寿……

其实，这只是一个告诫人们做生意要诚实讲信用的故事，或者是“假托以示权威”的解释，并没有科学地解释十六进制的成因。

杆秤是中国古代最伟大的发明之一，它的构造完全不同于流行于西方的天平。中国的杆秤是利用杠杆原理，只用一个相对很轻很小的“权”（秤砣），就可以称量很大很重的物。而且便于制作和携带，可以普及到每个家庭。而秤的“斤”采用十六进制，反映了中国先民制秤的大智慧。

我们知道，杆秤是在一根木杆上定出秤头、提点和刻度来，在秤头上穿眼用绳挂上秤盘或秤钩，在提点（秤毫）打孔穿绳为提绳或提纽，这是秤的杠杆的支点，在另一端则是等分的刻度，刻度的第一个点叫作“定盘星”，在这点上秤砣的重量正好等于秤盘或秤钩的重量，秤处于零称量的平衡点。如果我们在秤盘里放上一个重物，利用滑动秤砣，可以在秤杆的末端得到另一个平衡点，在这个平衡点上，重物正好等于一斤。这时我们有了从定盘星到秤杆末端一斤点的一个长度单位，它把对重量的衡量变成了对长度的计量。秤砣在秤杆上滑动这个长度，得到平衡的重物其重量就是“一斤”。

很自然，我们只要把这个长度折半，那称量的重物的重量就是半斤。

可是问题就来了，如果采用十进制，半斤以下就要将刻度分为五等份。怎么来分？将一条线段五等分，在只有尺规的时代，这是一道高科技题目，能够掌握的工匠不多，即使在现在也很难。于是我们的先人以大智慧放弃了十进位制，创造了秤的等份法则：对折法。制秤的匠人只要把用来打线的墨绳，对折，对折，再对折，一共四次，就可以把一个一斤的单位长度等分为十六份，把用这十六分之一长度称量的重物命名为一两，于是一个十六进制的秤就诞生了。

十六进制大大地简化了制作杆秤的难度，使得普通的工匠都能够制作，提高了制作的效率，而且也促进了秤的标准化、普及化、平民化，使秤像尺、斗一样，成为普遍使用的度量衡工具。

可见，十六进制是为了解决制秤中等分刻度的难度，由中国先民创造的分量法则。这是一种创造性思维的结果，也是大智慧。它打破了十进位制的传统法则，不是以法则定方法，而是以方法定法则，以至简的技能破解了制秤的难题。没有十六进制，制秤可能就是一个高垄断性技术，整个社会都会为它付出高昂成本。

有意思的是，我们祖先的称量法则，只在一斤这个单位里，斤两关系上采用十六进制，在斤以上和两以下都是十进位制。比如一两等于十钱，一钱等于十分，一分等于十厘，一厘等于十毫。在两以下的称量工具是戥子秤，其最大刻度为一两，多用于称量黄金和药品，称为金衡和药衡。戥子秤需要精致准确，是要有专门技能的工匠制作的，它不是普及性称量工具。

一杆普通的杆秤，通常有两个提纽点，靠近秤头的那个是称量一斤以上的重物的，接近秤尾的是称量一斤及以下的重物的。两个提纽是上下翻着的，秤杆的上面的刻度是以两为单位的，通常整杆刻度是一斤；另一面的刻度是以斤为单位，通常为十斤。杆秤的木杆选用很重要，既要细，又要坚韧，一般要用好的木材。在北方，好的秤杆是用白蜡杆制作的。

一种奇特的衣服

在四川邛崃市的平乐古镇逛街时，在一家店铺发现了一种现在都市中已很少见到的衣服——蓑衣。

严格地说，蓑衣应该是一种雨具，这是中国古人最早使用且使用范围最广的原始雨衣，称之为“袯襫”(音读bó shì)，先秦时就已出现。《证俗文》中有：“袯襫，农家以御雨，即今蓑衣。”明李时珍《本草纲目·服器部》“故蓑衣”说得更具体：“蓑草结衣，御雨之具。”袯襫是什么材料制作的？据宋罗愿《尔雅翼》：“袯襫以莎草为之。”莎草即苔草，是一种多年生草本植物，茎为实心，呈三棱形；叶片为线形，表皮宽而光滑，防水性能强。用莎草编的袯襫又称“莎衣”，有很好的泄水、御雨效果。除了莎草，蒲葵（有些地方俗称为“棕树”）也是制作袯襫的上好材料。蒲葵是棕榈科常绿乔木，生长于南方。其叶似

原始雨衣——蓑衣

棕榈，掌状分裂，呈扇面形，在没有电扇、空调的年代，人们常用的蒲扇就是用蒲葵制作的。蒲葵做的袯襫俗称“葵衣”。利用蒲葵制作雨具，在先秦时已很流行，《国语》中所谓“首戴茅蒲”，茅蒲就是用蒲葵制作的戴在头上的防雨帽子。《南越笔记》中所谓“末作蓑笠”一说，则是制作蓑衣的另一种材料，即用棕榈叶基部的纤维，俗称“棕衣”的材料来制作蓑衣。照片上的这种就是属于“棕衣”。

袯襫与伞盖一类雨具相比，不仅避雨效果好，而且空出的两只手可以干活。不只是农民雨天喜欢穿，渔夫雨雪天垂钓时也常披之。晚唐诗人郑谷《雪中偶题》写道：“江上晚来堪画处，渔人披得一蓑归。”不少古画中，蓑衣都是钓鱼爱好者的必置装备，唐代柳宗元就用“千山鸟飞绝，万径人踪灭；孤舟蓑笠翁，独钓寒江雪”向我们描绘了古代一位老翁身着蓑衣、头戴竹笠，在大雪纷飞之际独自垂钓的情景。

改革开放前，这个模特身上穿的这种蓑衣在我们南方老家也是家家必备的雨天出门用具。我当知青时就经常在雨天穿着这种蓑衣下地干活。这种已有数千年历史的蓑衣现在已不多见，将其穿在模特上又呈现了一种野性美，估计如果哪位设计师将它用在真实的 T 台上，想必会有一番轰动的吸睛效果，就如同前段时间的东北大花袄出现在 T 台那样吧。

别将龟趺当貔貅

我们在游览皇家寺庙或陵园时，会发现里面的那些巨大石碑都用一个很像乌龟的石雕驮着，这个驮碑的石雕称之为“螭首龟趺”，意为螭首龟身的基座。趺就是基座，螭是传说中龙的九子之一，据说善于负重，所以就经常将它做成碑基。

古代驮碑的“螭首龟趺”石雕

有些不明就里的游客常常将这种螭首龟趺错当成了貔貅，认为摸摸它的头就能发财，所以不少游览景点的螭首龟趺的螭首经常被游客抚摸（比如照片中北京历代帝王庙中的这个螭首），以至于它的鼻端、嘴唇和两腮处都变得光亮可鉴。其实，这种做法是不对的。传说中的貔貅有很多种样子，但都要遵从“口大吸财、肚大容财、腚大守财”的原则，显然这个石雕肯定不是貔貅。即使是貔貅，民间讲究也不能乱摸别人的貔貅，不然自己的财运就会被它吸走。由此可见，外出旅游还是得具备一点文史常识，而且不能到处乱摸。

魁星的由来

在我国的文庙中，一般都会放置一尊魁星的塑像。

此尊雕塑名为“魁星点斗”。传说，魁星前世是才高八斗的学子，曾三次参加殿试，本该高中状元，只因相貌极丑，非但未紫袍加身，反而被逐出宫门，魁星受此大辱愤而投江。

北京科举匾额博物馆中的魁星塑像

玉帝震怒人间之不公，又深怜其才，封其做文曲星，为普天下文运之神，赠其朱笔一支，玉斗一柄，主人间人才之选拔。魁星乃受冤屈而死，饱受选人不公之害，故秉公执正，毫无私弊，深受学人士子敬服。“魁星赐斗”是古代科举人士最为喜欢的意头以及图像，被认为具有吉祥如意以及向上成功成就的加持力。凡科举之贡院及书院均建魁星楼，将其作为科举考试者的保佑神供奉。每逢科考，考生皆跪拜，求其保佑，以期金榜题名，此习俗已有千年之久。

河北滦州古城文庙中供奉的魁星

魁星所提之斗是士子名册，所执朱笔用以点画所录之人名。立脚之金鳌，寓意独占鳌头。

这尊神为何称为“魁星”呢？按照我国古代关于天上二十八星宿的说法，西方白虎七宿的第一颗星就是“奎”宿。在汉朝的《孝经援神契》中就有“奎主文章”之说。因此，它是一个掌管文化艺能的星宿。由于“奎”与“魁”同音，又是七宿之首，“魁”在中文里有首位的含义，因此使用“魁”字意头十足，有“独占鳌头”之喻，遂将“奎星”改为“魁星”。

藏式建筑的门窗装饰

站在扎什伦布寺入口处的大门前，我的眼睛被大门那独特的装饰风格深深地吸引。额枋雕绘有生动细致的几何纹样、卷草图案，彩绘装饰的木门框却被又粗又黑的黑色边框包围，给人以强烈的视觉冲击感。再进入寺庙里面，发现所有建筑的门框都使用了这种粗黑的边框进行装饰。想起以前在其他地方见过的藏式建筑，不管是城镇，还是乡下，不管是宏伟的寺院、殿堂，还是老百姓的普通民居，它们当中大多数的门窗墙边都有黑色的边框修饰。这种黑色的边框一般都是沿着门窗的边缘一直到外墙上。在视觉效果上，这样的黑色边框宽大、厚实，与整个建筑很协调，浑然一体，有一种独特的艺术性美感。

不过，这样的边框也让我产生了一些疑问：为什么边框的颜色是黑色的呢？有什么特定的意义吗？导游介绍，藏族曾信奉的图腾之一是“牦牛”，藏区的建筑在门边、窗边装饰成黑色下宽上窄的黑色边框，有“牛角”的寓意，能给人带来吉祥。

按照导游的介绍，发现扎什伦布寺的大门在很多方面体现了藏式建筑的装饰风格：门边、窗边饰有黑色上小下大的边框。藏族古代曾信奉的图腾之一是“牦牛”，由于时代的进展，原始的图腾被写意为牛角。简练、概括的艺术形象，装饰性极强。这种装饰不分建筑等级，普遍应用，是统一藏式建筑风格的主要因素之一。它不仅在视觉上加大了门窗的尺度，还与建筑向上收分相呼应，增强了建筑造型的稳重、庄严感，颇有独到之处。

扎什伦布寺的大门装饰

后来查阅了一下相关资料，西藏建筑应用黑色还来自对“地下神”——“黑年神”的崇尚。在藏传佛教中，黑色表征金刚，将门窗的框用黑色描绘，认为可以起到镇邪驱妖、保护家人的作用。

藏族建筑的门窗墙边框都用黑色装饰

我们小时候玩的沙包原来是这么来的

记得小时候，在没有今天的孩子们所拥有的电子玩具、电视机等条件下，扔沙包就是小朋友们最喜欢玩、最经常玩的游戏之一。可这种游戏起源于何时？又是谁发明的呢？在杭州南宋御街上游览时，我找到了答案。在杭州的南宋御街里，立着历史上著名的奸臣秦桧的跪像，上面的介绍说明了我们小时候所玩沙包的来历。

杭州南宋御街里关于沙包来历的介绍，原来我们小时候所玩的沙包由此而来。看来杭州人对于大奸臣秦桧真是恨之入骨了，在这商贾云集之地也要放上秦桧的跪像让人发泄

开封府中的獬豸照壁

北宋的开封府作为位居首都的“天下首府”，曾有过一百六十余年的辉煌，宋太宗、宋真宗、宋钦宗三位皇帝没当皇帝之前都曾在这里当过府尹，并且先后有寇准、包拯、欧阳修、范仲淹、苏轼、司马光、蔡襄、苏颂、曾公亮、宗泽等一大批杰出的政治家、文学家、思想家、军事家、科学家在此任职。特别是包拯任“开封府尹”时，铁面无私，执法如山，美名传于古今。开封府也因此而深入民心，名垂青史，成为四海闻名的中国古代府衙。

在开封府内细细查看，里面有趣的东西挺多。有好些景点都是与包公的事迹有关联的。比如下面照片上所示的开封府正门外的这方青石浮雕照壁，在其正中刻有一只似牛非牛、刚猛威武的独角怪兽，它的名字叫作“獬豸”（念 xiè zhì），是中国古代传说中的一种神兽。獬豸的形象是中国三大法治图腾（獬豸、天平、法鼎）之首，代表中国传统司法精神。在中国古代的法律文化中，獬豸一向被视为公平正义的象征，它怒目圆睁，能够辨善恶忠奸，发现奸邪的官员，就用角把他触倒，然后吃下肚子。当人们发生冲突或纠纷的时候，独角兽能用角指向无理的一方，甚至会将罪该处死的人用角抵死，令犯法者不寒而栗，自古以来被认为是驱害辟邪的吉祥瑞物。在府门前的照壁刻这样的图案，是为了警示官员要秉公执法、依法行政。

开封府中的獬豸照壁

据考证，照壁这种建筑物与完善宅邸中的风水颇有关系。按照风水的说法，小鬼和煞气只会走直路，门前设照壁就可阻挡小鬼和煞气进入，以保平安。其实，照壁就是一面跨度不大、屋檐很浅的墙，晴朗的白天或皎洁的夜晚，阳光或月影会投在墙面上，别有情趣，所以照壁又叫影壁墙。照壁，可以说是中国人委婉含蓄性格在建筑学上的一种表现。当然，照壁最重要的作用还是遮挡过路行人的视线，避免大门内被一览无余。

门神的来历

尉迟恭系朔州鄯阳（今山西朔城区）人，唐朝名将，封鄂国公，是凌烟阁二十四功臣之一，玄武门之变助李世民夺取帝位，赠司徒兼并州都督，谥忠武，赐陪葬昭陵。尉迟恭纯朴忠厚，勇武善战，一身戎马倥偬，征战南北，屡立战功。尉迟恭所用兵器为单鞭和丈八长矛，坐骑为踏雪乌骓马。

秦琼系齐州历城（今山东济南市）人。唐初著名大将，勇武威名震慑一时，是一个于万马军中取人首级如探囊取物的传奇式人物。曾追随唐高祖李渊父子为大唐王朝的稳固南北征战，立下了汗马功劳。因其功居于凌烟阁二十四功臣之一。秦琼所使用的兵器为四棱金装锏和虎头錾金枪，坐骑为黄骠透骨龙。

然而，真正史书记载的门神，原是古代的一个勇士叫做成庆的。在班固的《汉书·广川王传》中记载：广川王（去疾）的殿门上曾画有古勇士成庆的画像，短衣大裤长剑。但到了唐代，门神的位置便被秦叔宝和尉迟敬德所取代，这源于这么一段传说：唐贞观十三年，泾河龙王因私改时辰、克扣雨量而犯了天条，于是求唐太宗李世民保命，但李世民没有按承诺保住泾河龙王的命，泾河龙王被当朝丞相魏徵处斩后，变成鬼魂夜夜惊扰李世民，使李世民竟落下脉弱体虚之症。李

这是在北京历代帝王庙的景德门前拍的照片。紧闭的大门前有两幅古装人物画像，这就是大家在一些古建筑或乡下民宅大门上见过的两尊门神。在中国传统文化中，右门神的原型是尉迟恭（胡敬德），左门神的原型是秦叔宝（秦琼）

世民病重，鄂国公尉迟恭与护国公秦叔宝入宫探视，得知寝宫门外入夜就会出现抛砖弄瓦、鬼魅呼号的怪事。于是秦叔宝劝慰唐王，道：“陛下宽心，今晚臣与敬德把守宫门，看有什么鬼祟。”唐王准奏，二人谢恩而出。当日晚，两位将军各取披挂穿戴整齐，金盔银甲，威风凛凛，持剑举斧在宫门外把守。一夜间，竟再无半点响动，唐王因此安寝无事。虽有二位将军把守，皇宫清静了几日，但唐王终究不忍二将辛苦，为难两人夜夜守候，便寻那丹青妙手，将尉迟恭、秦叔宝披挂在身的真容绘于宫门之上，从此夜间无事。而两位将军的威风仪容，就成了民间流传至今的门神。

古代计时的更鼓怎么敲

北京的钟鼓楼是原来北京城的报时台，鼓楼里面原来安放有 25 面“更鼓”，其中主鼓 1 面、群鼓 24 面（按农历二十四节令而设置），反映一年四季的季节变化和古代汉族劳动人民的农耕生活。主鼓高 2.4 米，面径 1.6 米；群鼓 24 面，高 1.6 米，面径 1.12 米。

在古代，鼓楼定更击鼓、钟楼撞钟报时极有规律。古人将黑夜分为五更，每更次为一个时辰，即现代的两个小时。元明两代的报时方

按农历二十四节令而设置的群鼓

北京钟鼓楼是原来北京城的报时台，鼓楼里面原来安放有25面“更鼓”，现在看到的是鼓楼最有名的鼓——“更鼓”

法已无据可查，清代原规定报时方法为：定更及亮更，皆先击鼓后敲钟，其二至四更则只敲钟不击鼓。乾隆后改为只在夜里报两次更，每晚定更（即一更，19点—21点）和亮更（即五更，3点—5点）先击鼓后撞钟。定更时钟声响城门关，交通断，称为“净街”；亮更时，钟声响城门开，所谓“晨钟暮鼓”。击鼓和敲钟的方法相同，俗称：“紧十八，慢十八，不紧不慢又十八。如此两遍，共108下。”古人用108声代表一年，一年有12个月，24个节气，72候（古人把五天称为一候，六候为一月，一年七十二候），这些数字相加为108。

古钟的提梁和撞杵

在北京的大钟寺里参观，我看到了数百只大小不同、规格形态各异的钟，但它们有一个共同的特点就是所有钟顶部的提梁都被铸造成一种似龙非龙的动物形象，显得既凶猛又张扬。平常我们看到的钟都是高高地悬挂在梁上，很少注意到钟的提梁竟然是这样？！展厅中展

为了方便悬挂，古代铜钟的顶部都设有提梁，利用提梁将钟悬挂起来

这是古代铜钟提梁的局部放大照片，这种提梁称之为“蒲牢”，是由传说中的龙之四子的身子对接而成，造型既美观又实用

出的古钟，有不少钟的提梁与游客的视线平齐，所以提梁的这种怪异造型当然吸引了我的目光。

它为什么要做成这个样子？有什么特殊含义吗？展览的说明中称大钟的提梁为“蒲牢”，这是一个让我很迷惑的称呼，再细看说明，方知其中的原委。蒲牢，是传说中的“龙生九子”中的老四，受击就大声吼叫，古人们依据它的这一习性就把它安在钟上，充作洪钟提梁的兽钮，以助其鸣声远扬。据说蒲牢是住在海滨的，但却十分怕鲸鱼，一旦鲸鱼靠近，它就会吓得乱叫。故人们把撞击洪钟的木杵造成头大尾小类似鲸的形状，以令铜钟格外响亮。由此可见，我们的先人是多么富有想象力和艺术创造力。

被摸得油光锃亮的“霍去病”

在甘肃省兰州市内的五泉山公园中游览时，遇到一处有趣的情景。公园中有一尊西汉骠骑将军霍去病的塑像，有好些人聚集在塑像的基座前，用手去抚摸上面的“去病”二字，以至于这两字已经被摸得油光锃亮。据说，有时一天中会有成百上千的人在此排队，也引得很多游客跟风而为，就是为了去摸一下刻有“霍去病”三字的石碑。久而久之，霍去病塑像基座上的这块石碑已经被“人工打磨”为五泉山入口处最耀眼的景点。而真相竟然是，这位西汉名将的名字中有“去病”二字，被人们传说摸摸后可以“消病祛灾，增添福气”！？

那么问题来了，真的可以借助于霍“去病”来“消病祛灾，增添福寿”吗？查阅一下霍去病的生平记载可以得知，霍去病是今山西临汾西南人，中国西汉武帝时期的杰出军事家，是名将卫青的外甥，任大司马骠骑将军。他的生卒时间为公元前140年—前117年，在年仅23岁的时候就因病去世！而霍去病的名字其实系汉武帝所赐，根据《汉武帝与茂陵》记载，霍去病之所以叫“去病”，是因为在他还没取名的小时候，有一次他娘把他带进宫找姨母卫子夫，当时汉武帝病了很久，小孩一看四周，大家都屏声静气，一片死寂，被吓得突然大哭起来，结果把汉武帝惊出了一身汗，病也因此好了一大半，所以汉武帝给他赐名“去病”。

摸了真的就可以不得病吗？这其实是一个很多人都心知肚明的问题。我也理解那些抚摸膜拜的人们，因为如果你若对此表示不屑或质

兰州市五泉山公园中的西汉骠骑将军霍去病塑像

疑，这就好比是在质问一个虔诚的和尚天天念经是否有用一样，是十分不尊重的行为。但话又说回来，如果摸了不得病，为什么有人要天天摸，一生摸一次也就够了。归根结底，这种膜拜行为已然上升成为一种仪式。仪式的社会学功效有很多，但心理学功效只有一个——一切仪式对于施行仪式的主体都具有安慰性，这才是人类需要仪式最根本的原因。理解他们吧。

若从科学的角度来看这件事情，却有可商榷的地方。研究表明，人的双手上每天约携带 80 万个细菌。如果指甲不干净，1 克指甲垢里就藏有 38 亿个细菌。试想一天中成百上千人轮流摸同一块石头，那得有多少细菌在不断地交叉传播着。至于摸了是否就因细菌的传播而得病，这很大程度上取决于各人身体的免疫系统。对于免疫力低下的人，尤其是老人和孩子，我建议还是不要以这种方式去“祈福”，希望大家为了自身健康，理性对待！

颐和园中的“蝙蝠”

颐和园是一座距今有二百多年历史的清代皇家园林，是一座国内目前保存最完整、面积最大、我国在国际上知名度最高的皇家园林。当年修建颐和园是为了给慈禧太后祝寿，所以颐和园同时还是一座福和寿文化内涵最深的皇家园林，可以说，这是颐和园的一个独特亮点。徜徉在颐和园内，蕴含福寿之意的建筑设计随处可见。其中，最多见的就是各种建筑装饰上的蝙蝠图案。

中国传统吉祥文化源远流长，求吉祈福已经成为人们一种普遍的心理需求，人们将所要表达的祈福愿望以特有的物体作为载体而创造出许多吉祥图形。在这种图形的背后是人们淳朴的生命意识，以及对美好、幸福的渴望与追求。蝙蝠图形就是众多动物吉祥符号语言中的典型代表。为什么要使用蝙蝠图形呢？因为蝙蝠简称“蝠”，谐音同“福”，从视觉上来表达更容易被人记忆。这种以借蝙蝠谐音的“福”不能不说是对中国谐音文化与福寿文化的一种丰富与吉祥图案的发展。

颐和园中乐寿堂的装饰在很多地方使用了蝙蝠图案

使用蝙蝠图案作为吉祥符号的现象在颐和园中随处可见。颐和园的门窗装饰上，大多采用了用五只蝙蝠围绕着一个寿字的“五福捧寿”图案。根据《尚书·洪范》所载，所谓“五福”：一曰寿、二曰富、三曰康宁、四曰攸好德、五曰考命终。也就是一求长命百岁，二求荣华富贵，三求吉祥平安，四求行善积德，五求人老善终；而在颐和园的仁寿殿内，还悬挂着慈禧亲笔书写的一幅巨大的“寿”字，字的四周画满了上下翻飞、形态各异的红色蝙蝠，象征着国家长寿。

颐和园中的福寿寓意匾额

此外，颐和园中蝙蝠纹样变化相当丰富，有倒挂蝙蝠、双蝠、四蝠捧福禄寿、五蝠等。有许多匾额都做成蝙蝠式样，寓意福禄，如置于乐寿堂西配殿的“仁以山悦”、“景福来并”

门上的“五福捧寿”图案

等匾额。还有用一只蝙蝠、二只寿桃、二枚古钱来组成的“福寿双全”吉祥图案。其中的蝙蝠象征福，寿桃象征寿，而二枚古钱则是借其谐音寓意“双全”。也有将蝙蝠与云纹组合在一起，名曰“洪福齐天”，如此等等，不一而足。

“解手”的由来

洪洞大槐树寻根祭祖园位于山西省洪洞县，是全国以“寻根”和“祭祖”为主题的民祭圣地。在这里游览，发现一个有意思的现象，通常景区中的厕所都称为“卫生间”，但这个景区中的厕所却叫作“解手场”。由此想到，我们有些人平常也将上厕所方便叫作“解手”。那么，人们为什么将方便叫作“解手”？这其中有什么历史的典故呢？

洪洞大槐树寻根祭祖园中的“解手场”

追本溯源，“解手”一词在古籍中有多处记载，譬如，《初刻拍案惊奇》卷三十一中：“何道就乘此机会，走到女墙边，月亮去处，假意解手。”再如，《红楼梦》第二十八回中：“少刻，宝玉出席解手，蒋玉菡便随了出来。”这些句子中的“解手”，都是上厕所方便的意思。

其实，对于“解手”一词的释义，则可追溯到先秦时期。《战国策·赵策三》中说：“所贵于天下之士者，为人排患、释难、解纷乱而无所取也。”这里的“解”是排解的意思。“排”、“释”、“解”都与排解同义。排泄大小便的意义就是从“排解”义引申来的。“解”的这一意义在汉代文献中已见使用。如东汉王充《论衡·寒温》中说：“人中于寒，饮药行解，所苦稍衰。”这是说人身体受寒后吃药排便，痛苦就会缓解。

在古代，“解手”还有另外的说法，就是朋友相逢时称之为“把手”，即握手之意；而将分手或离别称之为“解手”。譬如，唐朝诗人韩愈的《祭河南张员外文》中说：“两都相望，于别何有，解手背面，遂十一年。”而北宋词人秦观在《次韵子由题斗野亭》一诗中更是吟道：“不堪春解手，更为客停舟。”这是说春天朋友相逢，高兴得不能忍受离开，竟为朋友停舟不归。

然而，到了明代以后，“解手”一词便再没有人当作朋友分别时的用语了，而是只当作上厕所方便的代名词了。元朝末年，由于战乱频仍，加上自然灾害和瘟疫流行，北方地区尤其是河北、河南、山东一带百姓，死亡相继，十室九空。然而兵乱及各种灾疫却很少波及以太行山为屏障的山西境内。同邻省相比，山西社会安定，经济繁荣，人丁兴旺。明朝开国后，为了恢复和发展农业生产，朝廷决定采取移民垦田的政策，将地狭人稠的山西农民迁移到地广人稀的河北、河南、山东等地。

但谁不留恋生养自己的家乡？任凭官府怎样催逼，人们依然纹丝不动。官府无奈只好四处张贴通告，说是“不愿迁移者，速到洪洞大槐树下集合，须在三天内赶到。愿迁移者，可在家里等待。”人们知道这个消息后，纷纷赶往古大槐树树下。第三天时，古大槐树四周聚集了来自山西各地的十几万人，他们拖家带口，熙熙攘攘，心中默默祈求上苍保佑。突然，一大队官兵急驰而来，团团围住了手无寸铁的百姓。数员武将簇拥着一个官员来到人群中间，大声宣布：“大明皇帝敕命，凡来大槐树下者，一律迁走。”这道命令好似晴天霹雳，人们惊呆了，但随即又省悟过来：受骗了。于是破口大骂的、呼儿唤女的、哭爹叫娘的声音连成一片。但这一切都无济于事，官兵强迫人们登记并发给凭证。

官兵强迫百姓登记后，为防止逃跑，把他们反绑起来，然后用一根长绳联结成一串，押解着移民上路。在押解过程中，由于长途跋涉，路上就经常有人要方便，只好向官兵报告："老爷，请解手，我要方便。"次数多了，这种口头的请求也趋于简单化，只要说声"老爷，解手"，就都明白是要方便。迁移路上的那段艰苦生活，在脑海里刻下了深深的烙印，人们难以忘却，时常提及；也由于路上时日很长，说成了习惯，仍然说方便是"解手"。久而久之，"解手"一词作为人们方便时的口头语言便被广为使用。

藏地山崖上的天梯

在西藏旅行，经常可以看到有些高耸的岩壁上面，用白色的颜料画满了很多梯子图案的壁画。这种图案在西藏称之为"天梯"。这是藏地一种超度亡灵的做法，相传，那些岩壁上的白色梯子，是可以让逝去的亲人通往天堂的。在西藏每当有亲人去世，家人都会在山上为亲人用白灰画上天梯，以帮助亲人早日到达极乐世界。

藏地山崖上的天梯图案。藏族人民的想象是多么的丰富，爬着梯子可以去另外一个世界。这些山崖上的白色天梯，不仅是人们理想中能通往佛国圣地的渠道，也是人们欲望的归宿，灵魂的故乡

这种做法，源自西藏本土原生宗教苯教的传说。传说天有十三层，由一条天梯连接天上和人间。

聂赤赞普是西藏历史传说中的第一个藏王，他和他之后的六个藏王，史称“天赤七王”。传说天赤七王都是天界的神仙，等到他们死亡时也会登上天界。《王统世系明鉴》有所阐述：“天神之身不存遗骸，像彩虹一样消逝（虹化）。”而彩虹就是登天光绳，山体就是天梯，所以在西藏没有他们的坟墓。据说天赤七王之后的止贡赞普藏王，在一次决斗中，由于疏忽而斩断了他与天界联系的登天光绳，从此以后的藏王在死后就因无法登天而留在人间，人们在青瓦达孜为他修建了西藏的第一个藏王坟墓，而那些画上去的梯子符号，则成了通往天堂的渠道。

中国各朝代龙的龙爪数量有何不同

在陕西省榆林的红石峡景区游览，讲解员一再向我们强调这个景区中的供佛洞窟以及岩壁上的书法石刻自宋代时就开始有了，距今已有上千年的历史。其证据就是石刻以及绘画上的龙爪。这里的龙爪都是三爪龙或四爪龙，与清朝的五爪龙是不一样的，表明至少是元代以前就有了这些古迹和文物。龙是我们大家都非常熟悉的图腾形象，在皇家古建筑或古寺庙中以及各朝代的瓷器上都可以见到。以龙爪数量多寡来

陕西省榆林红石峡景区中的三爪龙石刻

陕西省榆林红石峡景区中的四爪龙绘画

首都博物馆中展出的元代青花龙纹玉壶春瓶，上面画的是三爪龙

首都博物馆中展出的清乾隆时的青花矾红龙纹双耳扁壶，上面画的是五爪龙

区分年代，其实也是有一定根据的。

中国传统上就有三爪龙、四爪龙和五爪龙之分。这一点可以从历朝历代瓷器上的绘画得到佐证。元朝以前的龙基本是三爪的，有时前两足为三爪，后两足为四爪。实例可参见唐、宋、元的瓷器纹饰。而明代流行四爪龙，清代则是五爪龙为多。

到了清代，甚至还会用龙爪数量的多少来表示等级，皇家所用器物上采用五爪龙图案，比如皇帝的龙袍、官窑瓷器上的龙纹图案等，都是五爪。四爪龙图案则是亲王、大臣们用，这种四爪龙的图案在民间称之为“蟒”，也即老话说的“五爪为龙，四爪为蟒”。由于皇帝与下臣服装上这种纹饰的差别，因而皇帝穿衣服称之为“龙袍”，其他皇族和下臣穿的则称“蟒袍”。

中国的这种龙文化传统也深刻地影响到周边的国家。日本在唐代时与中国频繁往来，大量学习中国文化，促进了其社会进步。如日本的传统建筑和传统服饰其实完全就是中国唐代时的样子。而在那个时候，中国的龙都是三爪，日本也就只能从中国引进三爪的龙。在中国出现四爪龙后，已经开始闭关锁国，与日本断了往来。而韩国古时候叫作高丽，一直到清末前都是中国的附属国，当中国统治者开始用五爪龙图案的时候，自然不可能让属国和自己平起平坐，于是韩国的龙就只能是四爪了。可以说，日、韩的龙纹图饰反映的也正是中国龙随时代的发展演变过程。

第五篇

博大精深的中国古建筑

那些屋脊上的神兽

在国内旅游，宫殿庙宇可能是最经常遇到的景点。不论大小新旧和外形差异，宫殿庙宇的一个共同点就是在其屋脊上都安装有一串数量不等的神兽塑像。这些屋脊上的神兽塑像是宫殿、庙宇等古代建筑屋面上的一种特殊的饰件，称为“吻兽”，通常置于古代大型建筑的屋脊上作为“避邪物”，传说可以驱逐来犯的厉鬼，守护家宅的平安，并可冀求丰衣足食、人丁兴旺，并以此来显示宅主的职权和地位。它们有的在屋顶的正脊，有的在垂脊和岔脊上。如大家非常熟悉的天安门城楼的屋脊上就是如此。

在中国古建筑中，故宫的太和殿屋脊上的神兽数量和种类是最齐全的。太和殿是世界上最高的重檐庑殿顶建筑，除殿顶上的一条正脊外，在两层重檐上，各有四条垂脊（亦称“岔脊”），每一条垂脊上均有仙人和形象各异的走兽装饰 11 个。据《大清会典》里记载，太和殿屋顶垂脊上最前面的是“骑凤仙人”，后面的排列顺序为龙、凤、狮子、天马、海马、狻猊、押鱼、獬豸、斗牛、行什。对于这十样形象各异的走兽，各自均有“来历”：

北京天安门城楼的屋脊上都安装有脊兽

骑凤仙人身后的第一个神兽是龙：能翻江倒海，吞风吐雾，兴云降雨（是皇权神圣的象征）；第二个神兽是凤：一种仁鸟，祥瑞的象

这是北京古代建筑博物馆中展出的屋脊神兽完整系列。最前面的是“骑凤仙人”，后面的排列顺序为龙、凤、狮子、天马、海马、狻猊、押鱼、獬豸、斗牛、行什

征，预兆天下太平，生活幸福美满（其鸟中之王的地位也突出帝王至高无上）；第三个神兽是狮子：佛教中的护法王，勇猛威严的象征（唯我独尊）；第四个神兽是天马：忠勇之兽，追风逐日，凌空照地；第五个神兽是海马：忠勇之兽，入海入渊，逢凶化吉；第六个神兽是狎鱼：海中异兽，兴云作雨，灭火防灾；第七个神兽是狻猊：又称“披头”，龙生九子之一；第八个神兽是獬豸：独角，性忠，能辨曲直，勇猛、公正的象征；第九个神兽是斗牛：又称“虬螭”，除祸灭灾，吉祥镇物；第十个神兽是行什：双翼猴，降魔、防雷。

在封建社会，宫殿庙宇屋脊上的这些神兽的数量依据建筑的不同是有严格的规定的。一般庙宇屋脊上的走兽，除骑凤仙人外最多用 9 个，因太和殿是等级最高的，加了一个行什，一共 11 个，这在中国宫殿建筑史上是独一无二的，显示了其至高无上的重要地位。其他宫殿的垂脊上虽然亦有走兽，但是都要按级递减，不能超过太和殿。如天安门城楼、中和殿及保和殿才只有九样。

而其他的宫殿庙宇屋顶上的神兽，一般就是 6 只，由此有了“五脊六兽”的说法。

所谓“五脊六兽”是中国传统大型建筑（如宫殿、庙宇、府邸）的一种装饰物。在这些高大建筑的五根房脊的边缘上，安放着六种琉璃神兽——这就是“五脊六兽”。旧时普通民房是不能安这些东西的，只有功臣的宅邸经皇帝特许批准后才可安装，这称为“仪脊”，以示殊荣。

所谓“五脊”，就是屋顶的一根大脊加上四条垂脊。所谓“六兽”，是神话传说中的六种神兽——大脊的两端安放的是“螭（音吃）吻”；另外四条垂脊分别排列着五种神兽，故而总称“六兽”。五脊边缘的六兽，对于建筑物有三大作用：第一是避邪镇邪作用，第二是装饰美化作用，第三是封固保护作用。

不可乱用的琉璃

上一篇《那些屋脊上的神兽》中所说到的宫殿庙宇屋脊上的神兽塑像，都是用琉璃烧制而成的。在封建社会，琉璃属于皇家垄断的专

历代帝王庙享殿西配殿前的燎炉（西燎炉），建于明嘉靖九年（1530年），为灰色砖燎炉，用于焚烧祭祀历代文臣武将的神帛等

历代帝王庙享殿东配殿前的燎炉（东燎炉），建于明嘉靖九年（1530年），为绿色琉璃燎炉，用于焚烧祭祀历代帝王的祝文、神帛等

用品，民间不可僭越乱用。《大清会典》中明文规定，非皇家特许，普通大臣和百姓禁止使用琉璃。这种规定的实例，现在紫禁城东侧北京劳动人民文化宫中的太庙、以及历代帝王庙中仍可以看到。如太庙享殿的东西配殿，东边供奉亲王，西边供奉功臣，供奉亲王的燎炉是彩色玻璃烧制的，而功臣只能享受不上色的素坯燎炉。历代帝王庙中亦是如此，封建社会中的等级森严由此可见一斑。

从“门当户对”看北京胡同宅院的“门道”

在北京逛胡同，那些曾经的大宅院门前的装饰是一道独特的风景，通过门前的摆设和装饰可以大致了解宅院原主人的身份和背景。俗话说“外行看热闹，内行看门道”，没有一些历史和专业知识确实是难以看出这些“门道”的。我在南锣鼓巷游览时，就看到了一些不同的门户：

这张照片上就比较典型地反映出中国“门道”的讲究。首先看门楣上方的圆柱形木雕，这称之为“门挡”，这户人家有二个门挡。门挡一般都是双数，在封建社会时规矩极其严格，五至七品官员两个门挡，四品以上官员四个门

北京胡同中的宅院大门

挡，十二个门挡仅限亲王以上的大户才能用。后来，“门挡”变成“门当”，又演变成大宅门前台阶之上的石鼓（照片下方门两旁的石墩），因百姓相信威武的石鼓能避邪，这样置于门楣上的圆柱形木雕倒成了“户对”。“门当户对”就演变成衡量男婚女嫁双方条件的常用语。二个门档与四个门档联姻叫“高攀”，反过来则叫“下嫁”。有“户对”的宅院，必须有“门档”。所以，门当户对，就是从这里演化而来。

在大宅院的门前一般会有一对石鼓（墩），这也是放在宅院前表示主人身份和地位的装饰物。宅院门前的石墩是圆形的，表示主人是武官；石墩是方形的，则表示主人是文官；若石墩上还有狮子则表示宅院主人是皇亲国戚。这家门前放有方形的石墩，表明其主人是文官出身。

从门前的摆设看，这户人家的先人应该是十分显贵的。因为除门前摆有石狮外，门当上也有狮子，可见至少是皇亲国戚类的。但这个台阶则没有与其身份相符了，或许是受现在的地形和地域限制所制吧。因为在封建时代，宅院前的台阶也有严格规定的，六、七品官员台阶不能高于二级，五品官员台阶不能高于三级，以此类推，台阶数目最高不能超过八级。九级代表顶点，所以只有皇上可以享用至尊的“九”。以前仕途上所谓的“进身之阶”，即缘于此处。这间四合院的台阶有三级，据此我推测从前的主人家是五品官，但这又与门前的狮子和石墩不相匹配。其中的缘故，恐怕只有现在的主人自己来解释了

走了一回“歪门斜（邪）道”

贵州的镇远古镇在宋元时期因镇远设州建府，而成为古黔东地区政治、经济、文化中心和军事重镇。在此屯兵驻守的各路人马将自己

镇远古民居建筑中最为叫绝的就是所谓的“歪门斜（邪）道”，在这幅照片中体现得十分明显：凡开在小巷道旁的各家大门绝不会与小巷平行或垂直，小巷也决不与大厅正对，而是有意地将门的朝向旋转一个角度，斜斜地对着街道，即所谓“邪门斜道”。老住户们说，这“歪”与“斜”是遵从风水先生的说法，体现了“以南为尊”的观念，是一种当地崇尚的富贵之相，又有“财不露白”的寓意

家乡的建筑风格和建筑技艺带到了这里。人们依山就势，因地制宜地建起了各种山地建筑和许多深宅大院。镇远现在的古城中还保留着 8 条古巷道，这些古巷狭长幽深、交叉衔连、错综复杂、互相达通，恍如迷宫般将古镇的老民居之间连接起来。在这些古老的巷道中徜徉，会遇到一些很有特色的古建筑，比如很有特点的“歪门斜（邪）道”。

中国古代建筑工程的“质量责任制”

玉皇阁又叫作靖边楼，它位于河北省蔚县县城北垣上，是国家级文物保护单位。玉皇阁在明洪武十年（1377 年）建成，在明朝成化、万历和清康熙、乾隆和光绪年间都曾经修缮过。玉皇阁的建筑不但雄伟壮观，而且由于明朝和清朝的多次修缮，因此留有各个时代建筑的特点。相对于很多地方的保护文物，玉皇阁最吸引我的是它没有经现代建筑装饰工艺粉饰过，仍然保留着清朝光绪年间最后一次修缮后的模样，这种原汁原味的古建筑风貌在其他地方是很难看到的，在很多方面体现了中国古典木建筑的特点和工艺，可以说是中国古典建筑的活化石。另外，它的一些物件上留存着当年修缮时的相关记载以及参与施工人员的工种和姓名，可以说是当时的“质量责任制”的具体体现。

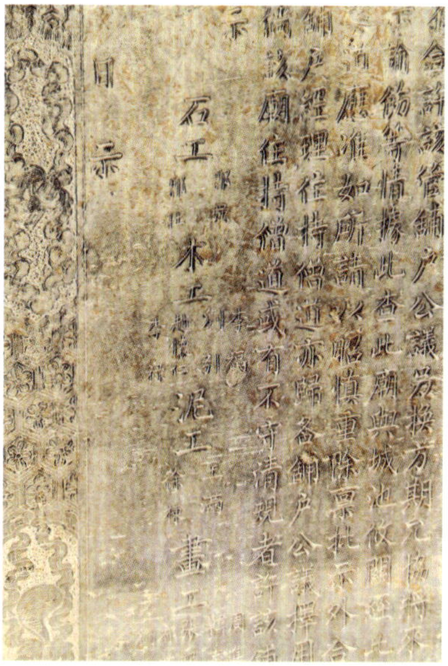

河北省蔚县玉皇阁中的修缮记事碑

玉皇阁大殿前檐廊下林立着石碑八幢，其中明、清重修碑七幢。这块记载清光绪年重修的石碑引起了我的兴趣，上面记载了重修的很多重要事项，更为奇特的是将负责此次修缮工作的工匠（石工、木工、泥工、画工等）名字等逐一记录公示，让以后的各工序质量有据可查、出了问题有责可究。

玉皇阁中的修缮记事木额

在玉皇阁中，最为奇特的是在正殿的中梁上钉有长方形木额三块（如照片上所示的白底黑字长条），分别是清康熙二十二年、乾隆二十九年、光绪二十五年重修匾记。在三块匾额上，将三次重修项目的负责人名字、捐款人名字、工匠名字、供货商名字等一一记载，上至蔚州官员，下至工匠，各行各业，无一遗漏，可以说是公布于世的建筑档案，是当时质量终身制的极好见证。这也是我们现在在工程项目管理上可以借鉴的，让项目的相关人员明确自己的终身质量责任并接受公众的监督，这样才能保证工程质量。

皇帝的“一亩三分地”

北京先农坛是全国重点文物保护单位，位于天安门广场前正阳门的西南，与其东面的天坛建筑群相对应，是明清两代封建统治者祭祀先农和举行亲耕籍田典礼的地方。明清时规定，每年农历二三月的吉亥之日，皇帝要在先农坛举行亲耕享先农的祭祀典礼，以祈求先农神保佑这一年风调雨顺、国泰民安。

先农坛中可看的地方很多，有一处不起眼但也很值得仔细一看的地方就是“观耕台”和“一亩三分地”。从“观耕台”到“一亩三分地”近在咫尺，当年皇帝、皇后每年一次在此演试“亲耕”情形，表示普天之下该种五谷了，并以此显示其对农业生产的重视。

先农坛中保留的皇帝行籍田礼时亲耕之地——一亩三分地，这是皇帝祭祀先农神后亲耕的田地。祭祀先农和亲耕的传统，在明清两代，已成为国家重要的祭祀典礼。每年仲春亥日皇帝率百官到先农坛祭祀先农神并亲耕（称为籍田礼）。在先农神坛祭拜过先农神后，在俱服殿更换亲耕礼服，随后到亲耕田举行亲耕礼。亲耕礼毕后，再登上观耕台观看王公大臣耕作。

“一亩三分地”这几个字听起来十分耳熟。我们在日常生活中常说：种好自己的“一亩三分地”。这其实就是将“一亩三分地”隐喻为个人利益或个人势力范围。据考证，“一亩三分地”这句人们常说的口头禅，其来源就与先农坛里皇帝“亲耕”的这块籍田有关。当时皇帝“亲耕”的这块地的面积恰好为市制的“一亩三分地”，于是，人们推而广之，将个人利益或个人势力范围称为“一亩三分地”。

观耕台地处先农坛东南，为明清两代皇帝于仲春亥日主祭先农神，亲耕完毕后，观看王公大臣耕作的地方。

站在当年皇帝曾经观看王公大臣们耕作的高台之上，俯视台下的这块田地，我想到了一个很有趣的问题，为何皇帝的示范田面积是一亩三分地而不是其他的面积呢？我查了一下资料，据传有两种说法。第一种说法是取其象征之义。在中国古代，一、三、五、七、九被视为阳数，一和三为阳数中最小的两个数。因为皇帝是天子身份，既要亲耕又不能太劳累，所以定个符合皇帝身份的最小土地面积作为耕田，权作意思一下“示范性耕耘”，故为一亩三分。第二种说法是认为与当时中国明朝的行政区划有关，明朝时共有十三个行政区划，时称“十三都司”，所以取了“一”和“三”作为耕田面积，以此代表皇帝对疆域的管理。

北京先农坛中的一亩三分地

先农坛中的观耕台

如果更进一步地考证，可以发现其实这一说法更早来自周朝以前对老坟地面积的规定。周朝时当父母亡故后，有点身份的儿子要在坟前守孝

3 年。3 年期间，就在坟旁搭个房子，在坟边的土地上自种自食。当时国家规定坟地面积一亩三分以内不需纳粮缴税。在那时，一亩三分地可以供养起一个人简单的生活。守孝结束后这块坟地就属于个人的“自留地”，仍不用纳粮缴税。但要卖了，买者就需纳粮缴税了。据说，这才是“一亩三分地”说法的原始由来。

大太监的夙愿

田义墓又称慈祥庵，位于北京石景山区翠微山脚下，是目前全国范围内唯一保存最完好、规格最高、石刻最精美的明代太监墓，同时也是全国首座对外开放的明清宦官墓园。

田义墓建于明万历三十三年（1605 年），为葬有明朝万历皇帝身边最宠幸的当红大太监田义及其他十几位明清太监的墓群。墓主田义为嘉靖、隆庆、万历三朝太监，官阶正四品。据记载，田义在世时享受二品大员的待遇（明制太监最高四品，田义是个特例）。

田义这位大太监，尽管生前位高权重，颇为皇帝赏识，但出身卑微、被阉割的事实肯定是其心中难以抚平的创伤，因此总是会想尽一切办法予以弥补，他的这种夙愿在其死后有人为他精心效劳而修建的墓园中体现得淋漓尽致。

比如这进入墓园的二道门，用汉白玉做成，称为“棂星门”，为墓主田义的功德牌坊。牌坊两侧雕刻有雄狮图、背面刻有双鹿图，意喻富贵荣华。我分析，这座牌坊为了满足田义的生前愿望可谓用心良苦。取名为“棂星门”可能借此能够补偿自己生前未能科举高中的遗憾。因为棂星门一般都是各地文庙中轴线上的牌楼式木质或石质建筑的名称，古代汉族传说棂星为天上文星，以此命名，表示天下文人学士集学于此。而正面两侧的雄狮图案，则是为了实现其以后转生能够重塑男人身的愿望。

此外，门楣上安装了四个圆形柱头的“户对”。“户对”要用短圆柱形，因为它代表了人们生殖崇拜中重男丁的观念，意在祈求人气旺盛、香火永续。（户对形状与男性生殖器官相像）反映了中国古代的阳性崇拜。所以，将户对用在田义墓的门楣上就不难理解了。另外，田义墓园中户对数量和形状也反映了田义生前的地位和身份。在古代，户对的多少又标志着宅第主人家财势的大小，所以，门当和户对除了有镇宅装饰的作用，还是宅第主人身份、地位、家境的重要标志。因此，田义墓的牌楼上有四个圆形户对（田义的官阶为正四品）也就不难理解了。

田义墓中的二道门

这是墓园棂星门的上部，仔细观察也是很有意思的。正中间的火焰冲天柱头装饰应属于藏传佛教的典型象征，是否是借助其来增加阳气？可见太监即使生前位高权重，但对于自己被净身的状况始终是耿耿于怀的，总想找一些精神寄托来挽回

何谓“石五供”

2017年4月期间，北京明十三陵思陵石五供中的两个烛台（蜡扦）被盗事件引发社会的广泛关注。这让我想到了曾经在北京石景山区翠微山脚下明朝大太监田义的墓园中，也看到过的同样物件（见下面照片）。那么有关事件报道中提及的“石五供”究竟为何物？

五供，中国民间祭祀用盛供品的五件器皿，由香炉一只、烛台与宝瓶（花觚）各一对，共五件器皿成一套，合称五供。五供通常用来摆放在宗祠庙宇，祭奠先祖（或信徒供奉神、佛）用来安放香、花、灯、水、果等供品。

石五供，顾名思义，就是用石头做的五件贡品，一般指鼎（香炉）、宝瓶（二个）和蜡扦（烛台二个）。查阅历史典籍，皇帝陵墓之前摆放石五供最早始见于明代永乐帝的长陵，后来逐渐成为定制。明清礼仪规定，凡帝、后陵均设置石五供，位于二柱门以北的正中神道上。由石祭台和一个炉、二个花瓶、二个烛台组成。这种石头做的供品分为上枭、下枭和束腰三部分，束腰部分有八仙、八宝图案，所刻器物是用其谐音表示吉祥，如事事如意、平平安安、吉庆有余等。因为是石头的，不腐不坏，能长期摆放在供桌上，所以也用石五供表达希望皇陵香火永旺，神火不灭，仙花常开。能够让长眠于地宫里的帝后们一年四季都在享受后代子孙的供养。

北京田义墓中的石五供

田义墓中的石五供与明十三陵中的石五供极为相似，也是五个相互独立的供器，五供器各施以石座，正中为香炉，雕为四足两耳的方鼎形，上面浮雕饕餮纹。左右为烛台，台腹四面雕刻人物故事；最两边的是宝瓶，亦浮雕饕餮纹。

华表的变迁

明十三陵神道上的华表

华表是很多人都见过的一种中国古代传统建筑形式，属于古代宫殿、陵墓等大型建筑物前面做装饰用的巨大石柱，大家最为熟悉的华表可能要属北京天安门城楼前后的那两对华表了。天安门前的这对华表上都有一个蹲兽，头向宫外；天安门后的那对华表，蹲兽的头则朝向宫内，传说，这蹲兽名叫犼，性好望，犼头向内是希望帝王不要成天待在宫内吃喝玩乐，希望他经常出去看望他的臣民，体察民情，它的名字叫“望帝出”；犼头向外，是希望皇帝不要迷恋游山玩水，快回到皇宫来处理朝政，它的名字叫“望帝归”。可见华表不单纯是个装饰品，而是提醒古代帝王勤政为民的标志。

不过，华表的最初形式可不是这个样子。相传华表既有道路标志的作用，又有过路行人留言的作用，在原始社会的尧舜时代就出现了。那时，人们在交通要道设立一个木柱，作为识别道路和标志，后来的邮亭、传舍也用它做标识，它的名字叫作“桓木”或“表木”，后来统称为“桓木”，因为古代的“桓”与“华”音相近，所以慢慢读成了“华表”。在这根木柱上，行人可以在上面刻写意见，因此它又叫“谤木”或“诽谤木”。“诽谤”一词在古代是议论是非的意思，就是现代的提意见，所以它又具有现代“意见箱”的作用。据史书上记载，尧时的诽谤木以横木交于柱头，作为行路时识别方向的标志，这就是华表的雏形。现在我们见到的华表仍然保持了尧时诽谤木的基本形状，只是将横木改为了雕满祥云的云板，并在华表顶端设了这尊名叫“犼”的坐兽。只是华表的“谤木”作用早已消失，上面不再刻以谏言，而为象征皇权的云龙纹所代替，成为皇家建筑的一种特殊标志。

古井亭的讲究

亭子，是中国传统建筑中的一个大类，其中的井亭是指用于遮蔽水井的亭子。在我国古代，井亭的最大特点是顶中央开着露天的洞口，如果是攒尖顶则像把上部水平截去了尖。

这是北京历代帝王庙东配殿外的井亭，亭为明代之物，始建于明嘉靖九年（1530 年），专用于清洗牺牲和调制祭祀羹汤。井亭的屋面中央开着露天的洞口，这种建筑结构有一个专门的名词，称为盝（音：禄。新华字典中对此字有两个解释：其一为古代的一种盒子；其二为漉，过滤）顶，中心露空，让井口与天空直接相对。采用这样的设计，是贯穿中国一直推崇的天人合一、采自然之气以补身的理念。从实用性而言，亭顶开口则是为了纳光以看清下边水井里的水面，同时也为了便于工作，在清掏的时候不必另搭架子

金砖铺地

北京历代帝王庙景德崇圣殿中的金砖地面

走进北京历代帝王庙的景德崇圣殿，我感觉地面很不寻常。询问工作人员，告知这里铺设的是专门为皇家烧制的地砖，也就是俗称的“金砖”。过去有句老话，说皇家的房屋连地都是用金砖铺的，估计就是指的这种情形。金砖给人以光润如玉、踩上去不滑不涩的感觉。这种金砖历来是为皇家专门烧制的，其颗粒细腻、质地密实，敲起来有金石之声，所以称为“金砖”。它还有另一种解释，这种砖从外地烧制完成后，直接运到皇家的“京库”里存放备用，所以最初叫“京砖”，后来逐渐讹变为“金砖”。这些“金砖”是在当年苏州的“御窑”定制的，其选料、烧制、加工均有严格的工序，铺设前还要经过桐油浸泡、表面打磨等处理。

说起朝廷大殿内的地砖，我想起了看过的一本小说《大清相国》，里面有一个与地砖有关的情节十分有趣。说的是，在皇上上朝的太和殿修建时，皇上身边的太监为了今后索贿方便，有意让工匠铺设几块空心地砖。这样每有大臣要向皇上叩头请罪时，太监就会根据这位大臣与自己的亲疏或行贿情况领到不同的地砖上叩头，在有空心地砖之处，即使轻轻一叩头也会发出很响亮的声音；而实心地砖处即使猛叩也响声很小，以至于这位倒霉的大臣为了让皇上解气额头都叩出血来。

仔细看一下上面的这张景德崇圣殿内的照片，地面上泛出一层金黄色的光晕，这就是传说中的“金砖”。

门钉之规

在中国古代的皇家建筑中，随处可以看到这种形式的大门。这张照片是北京历代帝王庙中的景德门，门上密密麻麻地布满了门钉

在古建筑里，门钉只在门板上使用。门钉的数量和排列，在清朝以前未有规定，清朝则对门钉的使用有一定之规。皇家建筑，每扇门的门钉是横九路、竖九路，一共是九九八十一个。九是阳数之极，是阳数里最大的，象征帝王的最高地位，因为北京历代帝王庙是供奉历代帝王的，所以也用九路门钉。

门钉有几个作用，一个是装饰、一个是代表等级，再一个起加固作用。由于皇家建筑体量大，门也大，需要门钉的路数也多，通常每扇门的门钉是横九路、竖九路。而亲王是七路乘九路，王府七路乘七路，再往下就是五路乘五路。

蓝色琉璃为何写个“青”字

《圆明园考古展》展览中有一块不起眼的琉璃砖，长约 20 厘米，宽约 10 厘米，表面施深蓝色的釉，这是 2015 年在圆明园海晏堂遗址出土的一块披水砖。披水砖是一种用于中国古代传统建筑墙檐上的砖，长方体，一侧边缘向下倾斜，在下雨的时候帮助房檐导流雨水。

蓝色的披水砖

乍一看，它就是一块深蓝色的琉璃砖，但是再仔细看，发现它的侧面写了一个“青”字。为何深蓝色的琉璃砖块上会有个“青”字？原来这是古代工匠借用“青出于蓝而胜于蓝”这句诗词来表明这块砖的真正颜色。也就是说在制作时这块砖的琉璃颜色并不是深蓝色，而是青色。

按照通常的习惯，我们一直认为青色应该接近绿色，而中国古代建筑最常见的琉璃颜色就是黄色和绿色，所以让人很难理解为什么一块深蓝色琉璃砖上却写了“青”字。据介绍，在圆明园考古发掘的过程中，不仅出土了常见的黄釉和绿釉琉璃，还发现了青、白、黑、红、紫等 5 种釉色。故宫建筑以黄色和绿色为主，代表着庄重和理性，而圆明园建筑有 7 种颜色的琉璃之多，说明了圆明园是一个轻松、生动、适合休闲的地方。

皇宫建筑装饰中的龙纹图案

龙在古建筑彩画中一直占有重要位置。龙是什么？一句话说不清楚，在不同时代，它被不同的人描绘成不同的形象，其中不乏想象的浪漫成分。北京历代帝王庙崇祀的是先祖帝王，它与当今皇帝的三大殿相比要低一个档次，所以画龙就不画大龙，而画草龙。草龙用的是植物图案。

古建筑彩画中龙的画法分软和硬两种。北京历代帝王庙外檐上画的是软夔龙。从龙姿态上分，在外檐彩画上，跑的叫跑龙，迈小步的叫小龙，又叫行龙。还有脑袋在上的叫升龙，脑袋向下的叫降龙。身子盘在里头的叫坐龙。此外，还有一种跟少林寺武僧似的叫功夫龙或

历代帝王庙的建筑装饰中使用了大量的龙纹图案

把式龙。根据龙所处的环境，又可分为云龙、海水龙、穿花龙、火龙等。龙作为中国古建筑中等级最高的装饰图案，除了体现权力和尊严外，还有镇“火神”，降“水妖”的寓意。如历代帝王庙景德崇圣殿上的彩画使用了多种龙纹图案，既有升龙也有降龙，还有金龙和玺图案。

空白的门楣

北京科举匾额博物馆是全国唯一的一座科举匾额博物馆。这座私人博物馆中收藏和展出的物品很另类，里面共收藏有木、石匾额五百多方，其中有明、清两朝三十二名状元题写的匾额四十余方，十三名榜眼题写的匾额，十二名探花题写的匾额。

这个博物馆的大门十分特别，是一座上面雕刻着很多精美图案的古老门楼。这是馆长姚远利先生从江西省收来的门楼，明朝万历年间的，已有500多年的历史了。这座门楼的奇特之处是它的门楣上没有字，所以叫无字坊。溯其原因是因为建这个门楼的家族富而不贵，当时虽富甲一方但家里没有当官的，想要当官就必须要通过科举考试，所以他家空下门楣，指望这个家族的后世之人能够苦读取得功名、登科及第，然后再补刻门楣，以光宗耀祖（科举是一种国家制度，是国家旌表行为，是不能随便刻门楣的）。但是，直到 1905 年科举制度废除这个家族中也没有高中的，所以门楣就这么空下来了。

北京科举匾额博物馆的大门

五色土的含义

北京中山公园的前身原是明清两代皇帝祭祀社（土地神）、稷（五谷神）之处，因此作为公园的主体建筑社稷坛位于轴线中心。

社稷坛祭坛（五色土）建于明永乐十八年（1420 年），位于内坛核心区，正方形、三层，高 0.96 米，上层边长 15.95 米，中层边长 16.9 米，下层边长 17.85 米，四面各设三步台阶，青白石砌筑。上层按东青、南红、西白、北黑、中黄，铺设五色坛土，俗称“五色土”，象征“普天之下，莫非王土”。坛中央立有一石柱，名为“社主石”或“江

北京中山公园的社稷坛祭坛（五色土）

山石”，象征“江山永固，社稷长存”。皇帝把“社稷”看作国家的象征，并认为受命于天，为了祈祷丰收，每年春秋仲月上戊日清晨来此祭祀，凡遇出征、打仗、班师、献俘、旱涝灾害等也要到此祈祷举行仪式。

站在社稷坛前，我在想我们祖先的想象力真是丰富，概括能力也是独领风骚。以五行学说中的五色对应五方，一小块拼凑而成的“五色土”就可以象征“普天之下，莫非王土”。一小根石柱可以象征“江山永固，社稷长存”。

流落海外的智化寺藻井

北京智化寺有享誉世界的三宝：藻井、转轮藏和京音乐。

藻井是我国古代殿堂室内顶棚中最高级的做法，其外形像个凹进的井，“井”加上藻文饰样，所以称为藻井。藻井一般位于室内佛像的上方，呈伞盖形，由细密的斗拱承托，象征天宇的崇高，藻井上一般都有彩画、浮雕。据《风俗通》记载：“今殿作天井。井者，东井之像也。菱，水中之物。皆所以厌火也。”东井即井宿，二十八宿中的一宿，古人认为是主水的，在殿堂、楼阁最高处作井，同时装饰以荷、菱、莲等藻类水生植物，都是希望能借以压伏火魔的作祟。藻井在一般的建筑里是没有的，只有宫廷、殿堂才有，一般是正堂顶棚上面的一种特殊装饰，它既是中国古代建筑的一个特点，又是建筑的精华和亮点。

北京智化寺原有三块藻井，分别镶嵌在藏殿、智化殿、万佛阁的三组建筑顶部，这在明代的藻井里是非常有名的。它制作工艺精巧，结构复杂，是明代建筑木雕的极品，是我国建筑艺术的一绝，其造件之繁复、层数之多堪称我国“藻井之最”。

现在仅存藏殿中的这块藻井是一个圆柱形的藻井，下方上圆。其结构自左右坨梁起向上斜出，斜板上遍绘佛像，上面琢卷云莲瓣各一层，再上有一圈圆板像个井口，板之隅角亦雕卷云，其上有小斗拱五层，中央置圆板，书七字真言，内里卷草、莲瓣以朱、青、绿三色间杂相饰，别以金线，对比强烈，配合协调，应属上乘。

原智化殿中的藻井现存美国费城艺术博物馆，而万佛阁的藻井则在美国的纳尔逊博物馆。这么珍贵的国宝级文物是如何流落到美国去的呢？据资料介绍，三十年代初的民国时期，智化寺在兵荒马乱当中变得难以为继，主持和尚吸食大烟，寺里的七八个和尚，穷得连袈裟都买不起。于是，和尚们便打起了盗卖寺院庙产的主意，以作价1000大洋将智化殿的藻井通过一个姓纪的掮客卖给了受雇于费城艺术博物

北京智化寺藏殿中的藻井

智化殿内的原藻井已不复存在，现在只得用三夹板将原藻井所在位置遮挡起来

馆的代理人，而万佛阁的藻井则卖给了受雇于纳尔逊·阿特金斯博物馆的代理人。

现在的故宫三大殿、天坛祈年殿都装饰有明清时期皇家最高级别的藻井，智化寺的藻井因为是奉旨建造，它的藻井的华丽程度不亚于明清王室的藻井，这两个藻井，比故宫南熏殿的藻井大，选用上等的楠木雕琢而成。它们样式、图案差异不大，都是斗八式平面方型，井框外边长 4.35 米，内边长 4 米。整个藻井呈平面方形，四角以支条区划成八角形，再置方格二重，相互套合成内八角，空档内置“八宝”。内八角与井心之间的斜板上，环雕游龙，中央圆心，一条矫健粗壮的团龙，蟠绕垂首，俯视向下，整个结构精美绝伦，是明代建筑木雕的极品。

现在看来，我国文物流失的途径有很多种，根据相关法律符合归还条件的寥寥无几，而智化寺藻井在历史记载中，按照美国方面的说法，属于正常购买行为，在这场交易中虽然存在很大的不公平因素，但是追讨起来，我们所掌握的资料和能够依据的法律还太少。这两块藻井已经离开故乡八十多年了，也不知道何时才能踏上回家的路程？所以我们现在只能通过资料和照片来了解一下这些国宝，实在也是无奈之举。

古代门前的石狮子大有讲究

石狮子是我们在宫殿庙宇及一些大户人家门前见得最多的摆设物，虽然它们的大小形态可能各不相同，但寓意和摆放的规矩则大同小异。

中国人认为，狮子是一种瑞兽，百兽之王，勇不可当，威震四方，不但可以避邪，且可带来祥瑞之气，能解除多种形煞，亦可加强官威

沈阳张学良故居——大帅府门前的石狮子

或屋主之阳气。但按照中国古代的堪舆学理论，摆放狮子有讲究，不能随意乱放。有以下方面在摆放石狮子时是要注意的：

（1）狮子宜配搭成双。摆放狮子以一雌一雄搭配成双为宜。而且一定要分清雌雄，左右不可倒置。倘若其中有一只破裂，便应立刻更换一对全新的狮子，切勿把剩余的一只留在原处。

（2）狮头必须向屋外。狮子形象凶猛，煞气较重，风水布局用来阻止邪魔鬼怪入屋，因此狮头宜向屋外。

（3）左边是雄狮右边是雌狮。雄狮子要放在大门左侧、而雌狮子则应摆放在大门的右侧，与“男左女右”是同一个道理。左边的雄狮，用右爪戏弄绣球，象征权威；右边的雌狮，用左爪戏弄小狮，象征代代相传。

（4）狮子宜尽可能地放在西北方。这是因为狮子从西域传入中国，所以西北方是它最活跃的地方，占了地利。但这也并不是那么死板，在方位方面，无论东南西北都可以摆放狮子塑像，如中国古代大部分官府都是坐北朝南，故石狮子也摆放在南方。

（5）摆狮子像要考虑地形地势。一般来说，摆放的地方宜高不宜低，前面应有开阔的空间。只有居高临下，狮子塑像才能显示出不凡的气势，具备了足够的空间，狮子才有用武之地。

沈阳故宫文渊阁的建筑特点

在沈阳故宫西路这一片房屋中有一座建筑样式与周围格格不入的建筑。沈阳故宫中的其他建筑都是红墙、黄瓦，而这座建筑则是白墙、黑柱、绿瓦。这是为什么？这座建筑是做什么的？这座建筑叫作文溯阁，是沈阳故宫的藏书楼。

提起宫殿建筑，我们很容易想起“红墙金瓦”、“金碧辉煌”这类词汇。而沈阳故宫中的文溯阁却与众不同，屋顶用黑琉璃瓦镶绿剪边，整个建筑以黑绿两色为主色调，这与它的用途是分不开的。

中国人讲究阴阳五行学说。因为龙、金色、红色都是火焰的象征，而黑色、绿色、蓝色则是水和木的象征，用在藏书楼上自然更为合适。这也是具有很深迷信观念的古人经常采用的一种“防火措施”。文溯阁藏书忌火，依据五行学说立色配饰，装修取《易经》“北方壬癸水”其色属黑，因此屋顶用黑色琉璃瓦，寓意水从天降，消灭火灾。文溯阁殿顶不用黄琉璃瓦而是黑琉璃瓦镶绿边，廊柱用绿色而不是红色，檐

沈阳故宫的文渊阁

下的彩画也不用龙凤等图案，而是“如意书卷”、“白马献书”等以书籍为主要表现内容，并且采用蓝绿为主的色调。也正是由于有了这个因素，使文溯阁同其他宫殿建筑相比显得与众不同，更带有清新淡雅的意境。

文溯阁是仿照浙江宁波的古代著名藏书楼“天一阁”所建筑。听了导游的介绍，才知道这座楼除了在外观上具有与周边建筑不同的式样和风格外，里面也大有奥妙。从外面看此楼是二层，但从室内看则为三层，这叫明二暗三。文溯阁内分为三层，其中第二层是在五大间的北侧和东、西两间架构的“凹”形“仙楼”，这样既扩大了一层中前部的高度空间，又增加了摆放书架的面积，并与两层的外观相适应，设计得十分巧妙。

参观过北京故宫的朋友可能会记得导游介绍过，北京故宫的房间数量为九百九十九间半，而不是我们习惯的整数。其实，沈阳故宫也有半间房。半间房在哪里？就在这文溯阁中。文溯阁的内部建筑是这样的，外观为两层，阁内每层六间，但西侧一间宽度只有其他各间的一半，并不用作藏书而是安设楼梯的地方。表面看来，这半间房似乎有些多余，其实这种故意凑成六间的格局是有“讲究”的。因为宁波的天一阁是按照《周易》中“天一生水，地六成之”的说法建造的，其目的就是借这种观念“以水克火”，避免藏书楼失火而使珍贵的书籍受到损失，这也正是文溯阁等七阁模仿天一阁的主要用意所在。一个大屋顶下的六间房屋，即是象征着“天一”和“地六”的。

文溯阁中所藏的图书是鼎鼎大名的《四库全书》。《四库全书》是清政府从乾隆三十七年开始，用十二年时间修成的中国古代收书最多的大型丛书。乾隆皇帝对这项政绩工程十分重视，不仅由始至终亲自过问，而且想把这部书作为在他执政期间精心打造的文化瑰宝，传给子孙后代。因此决定，全书修成后抄录为四份，分别收藏于北京宫殿、圆明园、承德避暑山庄和沈阳故宫，其藏书阁命名为文渊阁、文源阁、文津阁和文溯阁，合称“内廷四阁”或“北四阁”。文渊阁、文源阁、文津阁和文溯阁的取名有着深刻的寓意。“水各有源，同归于渊，渊为源尾，源为渊头；由渊觅源，其经为津，其行为溯。”用水形容知识可见乾隆皇帝对《四库全书》的钟爱。

不同凡响的故宫青砖

故宫是不少人都游览过的著名古迹，徜徉在故宫里面，大部分游客的眼球都会被这些装饰华丽的宫殿所吸引，却忽视了墙上以及自己脚下所踩的砖头。其实，故宫里所用的砖头也不同凡响，砌墙和铺地所用的砖头是中国古建中特有的青砖，这些青砖中又以“临清贡砖”名声最大。根据《天工开物》的记载：“若皇居所用砖，其大者厂在临清。”故宫所需砖头，大多来自京杭大运河两岸土质较好的地区。山东临清一带，由于水土精良，所制之砖细腻坚硬，便成了主要的制砖地区，“朝廷岁征城砖百万”。至今在坊间还流传这样的古谚语：“临清的贡转，北京的城，紫禁城上有临清。”

事实上，故宫所用的城砖确实来之不易，这种青砖至少需要历时三年的复杂制作。先从选土开始，仅一个地方的土，出不来那么好的砖，还要去外地采购，然后进行配比、碎土、上垛、过筛、澄泥，把土放进池子里用水浸泡，沥出最上面的一层细泥。再把沥出来的泥，让人或牲畜去踩得比较密实后做坯，这叫熟泥。后面还有制坯、脱坯、阴干、上架、烧窑、洇窑等等，一共有 18 道工序。每一道工序都要精益求精，温度、湿度、火候、气味等都要严格把握，才能做出相应的强度和密度。这么烧一窑需要 45 天，七八个工人，仅能出产 5000 块

故宫内景一角

青砖。

至于青砖那特有的青蓝色，是通过“洇窑”这一步来实现的。由于黏土中含有铁，烧制过程中如果完全氧化，就会生成三氧化二铁，呈现红色。如果在烧制过程中加水冷却，使黏土中的铁不能完全氧化，这时候砖就会呈现青色。烧制这种砖，不仅是为了追求那种返璞归真的韵味，更多的是因为足够坚硬，透气性强，吸水性好。为什么无论下多大的雨，故宫的地面都很少积水？除了排水系统做得好外，青砖良好的渗水性也功不可没。

从一块碑了解一个碑刻世家

到北京的景山公园游览，有一个地方是必须要去看看的，那就是明朝末代皇帝明思宗朱由检（崇祯皇帝）上吊殉国的地方——明思宗

景山公园中的明思宗殉国处

殉国处。这个地方立有两块石碑，前面的是“明思宗殉国三百年纪念碑”，后面的是“明思宗殉国处”碑。如下图所示。

这两块石碑中，后面那块只是指明了崇祯皇帝上吊殉国的地方，碑面上只有为数不多的几个字，但前面那块“明思宗殉国三百年纪念碑”上却密密麻麻地刻满了字，我数了一下字数超过一千。每一个字都笔画清晰、刀锋犀利，将书法者所写字体的原态表现得淋漓尽致，如同印在纸上一样，让人倍感惊讶。是哪一位匠人有如此高超的技艺呢？再看旁边的碑文对照，上面写着“易水陈云诰书丹”（注：书丹指刻碑前用朱笔在碑上书写文字，泛指书写碑志等）。

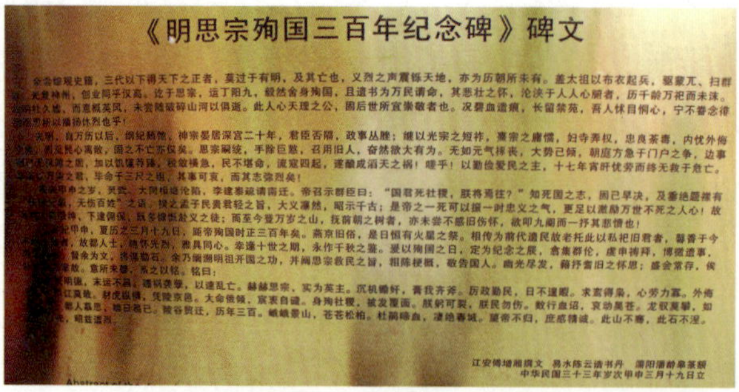

景山公园中明思宗殉国处的《明思宗殉国三百年纪念碑》碑文对照，最下面有“易水陈云诰书丹”的字样

陈云诰是何许人也？查了一下资料，原来是清朝赫赫有名

的碑刻世家的陈氏传人。从清朝起，陈家就在京城的琉璃厂开设了专事镌碑的铺面，因为技艺高超，生意兴隆。现存的陶然亭公园的赛金花墓碑、袁崇焕祠的重修墓碑、景山公园的明思宗殉国三百年纪念碑、关岳庙的历代军事家传赞碑、中山公园今雨轩的行健会碑等，都是陈家的作品。而最富有时代意义的，当属其家族中的陈志敬赶在 1949 年开国大典前夕刻出的人民英雄纪念碑奠基碑。

碑刻艺人有一套严格细致的工艺流程，分摹、刻、拓三部分，全套精细工艺都需要掌握，这也使得碑刻艺人的学徒期很长，学成率不高，学好了更难。民国初年，琉璃厂先后有过四家有名的碑刻店，除陈家的这个“陈云亭镌碑处”外，另外还有龙云斋、翰茂斋、文楷斋三家。可惜到了二十世纪三十年代，受战争影响，这三家均关门歇业，唯有陈家还维持营业。而到了 1954 年，“陈云亭镌碑处”也因为没有了活源而被迫停业，广渠门内的袁崇焕祠碑记也是他们的最后一件作品，打那以后，现在京城中能按传统钩工技艺刻碑的人几乎没有了。

神奇的壁画人物眼睛

在北京红螺寺的三圣殿中，两侧墙壁上的壁画为二十诸天护法。听导游介绍，这位绿面弹琵琶的护法（如照片所示）十分奇特，它的双眼会盯着每一位看他的人，与你进行眼神交流，不管你站在哪个角度，它的眼珠都会跟着你的位置而转动。我试了一下，换了不同的位置和角度观看这位绿面护法，确实好像他的眼睛总是看着你。其实，我原来在其他寺庙中参观时，也有过这样的经历，后来知道这是利用了绘画中一种技巧的结果，让画面中人物的眼睛无论你从哪个角度看都好像是与你对视。

北京红螺寺三圣殿中的《二十诸天护法》壁画

这种绘画技巧往深了讲，是由于三维和二维的空间感不同所造成的错觉。从美术上来讲不过简单两个字——透视。因为壁画中这种人物的眼睛大多数都是直视，这个角度就相当于一个标准角度，无论你怎么变换角度看时，光线的折射都会使画中人物的眼睛产生近大远小的变换扭曲，这些变换都符合生活中眼睛的变化规律。所以当你从侧面看时，画面中的眼睛就是侧视；当你从下往上看时，画面的眼睛就是俯视。因而，无论你从哪个角度看人物的眼睛都像是他在看自己。而不是这种画法的人物眼睛，就不会出现这样的情况，如照片中绿面护法两旁的人物，他俩的眼睛都是侧视，所以你就不会产生这样的错觉。

其实，天安门城楼上的毛主席画像也采用了这种绘画技巧，这样使得每一个仰望毛主席画像的游客都会觉得他老人家在慈祥地注视自己。

第六篇

文史轶事

毛笔该怎样握

参观中国园林博物馆，来到一组反映我国古代进行建筑设计的人物群雕前，其中有一尊雕塑是一位老者正在纸上作图。

引起我兴趣的是雕塑中那个老者手握毛笔的方式（见下面照片），乍一看总觉得有点异样。仔细查看，原来他是用拇指和食指这两个指头捏住毛笔，与我们小时候老师和家长教授的握笔方法完全不同。

中国园林博物馆中的老者作图雕塑

从照片中可以清楚地看出老者是采用拇指和食指握笔的方法，而且手腕是平的，不同于我们现在的通过手腕将手背立起来的姿势。

记得小时候，老师教给我们的毛笔握笔法是：大拇指的第一节内侧按住笔杆靠身的一方，大拇指处于略水平的横向状态。食指的第一节与第二节的关节处由外往里压住笔杆。中指紧挨着食指，钩住笔杆。无名指紧挨中指，用第一节指甲根部紧贴着笔杆顶住食指、中指往里压的力。小指抵住无名指的内下侧，帮上一点劲。这样形成五个手指力量均匀地围住笔的三个侧面，使笔固定，手心虚空。这就是所谓的“五指执笔法”（见下图），右手五指全派上用场，用“按、压、钩、顶、抵”的方法把笔执稳，使手指各司其职。

雕塑中的老者握笔姿势特写

难道是这座雕塑的作者疏忽了这一握笔的细节，以至于弄错吗？总体来看，这组雕塑是相当不错的，栩栩如生，细节和局部也精雕细刻。作为国家级博物馆中的展品，每一件都会有确实的依据，不会轻易凭空制作。作者将这个老者的握笔姿势雕塑得与我们通常习惯不同，想必其中定有缘故。

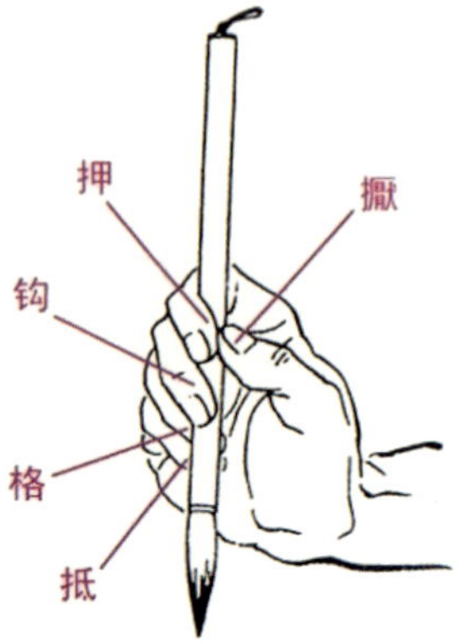

书法教材上的“五指握笔法”

其实若要探究起来，自古至今，执笔的方法五花八门，可以说应有尽有。古画上书写者的握笔姿势就没有“五指执笔法”。因为那时候没有板凳也没有桌子，只有像茶几之类的矮案，人都盘腿坐在地上，也有双膝着地跪坐的，屁股坐在跪着的双腿上。因为案子很低，写字时手都得悬起，采用“五指执笔法”就难以顺畅地书写了，这一点可以从一些古代画中呈现的人物用笔姿势上得到印证。

可以说，国人执笔方式随着居住条件和生活方式的进步有所变迁，以手指接触笔杆的数量来加以区分，便有“二指”、“三指”、“四指”、“五指”等握法，同时看无名指、小拇指是否悬空，又有单钩、双钩之分。但为什么现在很多人童年学习毛笔字的时候，都用的是“五指执笔法”，也就是五根手指都与笔杆接触的方式呢？有人做了研究，五指执笔的历史很短，仅50多年，这是由于近现代人们习惯于坐在椅凳，将腕臂枕于桌面上书写，同时配有五指执笔图像的书法教材的大量发行，进一步促使人们写毛笔字由悬腕书写改成腕臂枕桌书写，五指法才逐渐成了主流。对于想在书法上有所成就的小孩来说，除了掌握五指执笔法之外，练就用二指或三指悬腕书写的本事也是必要的，君不见那些现场挥毫泼墨的大书法家有几人是像小学生那样端坐桌前五指执笔的？

北京孔庙匾额拓片成全国孔庙复原“母本”

清代自康熙帝以来，每一位皇帝即位，都要到国子监辟雍讲学一次，称为“临雍”，可照列悬匾，因此孔庙大成殿共悬有清代九位皇帝题赠的匾额，分别是康熙帝题“万世师表”、雍正帝题“生民未有”、乾隆帝题“与天地参”、嘉庆帝题“圣集大成”、道光帝题“圣协时中”、咸丰帝题“德齐帱载”、同治帝题“圣神天纵”、光绪帝题“斯文在兹”、宣统帝题“中和位育”。但到了民国六年，也就是1916年，当时的民国教育总长范源濂指示，将清帝匾额全部取下，改悬时任临时大总统黎元洪手书的“道洽大同”匾。被取下的这九块帝王匾额被弃置在孔庙大成殿后近70年，落满了厚厚的尘土，上面的文字早已斑驳脱落不全了。1982年，北京市文物局指派文物修复专家贾文忠对这九块匾额进行修复、复制工作。贾文忠除了将这些匾额清理、修补完好以外，还为这九块7米长、3米高，每个字都1米多见方的匾额做了“拓片”。后来，各地孔庙得知后纷纷要求首博提供匾额资料，这些拓片此后在全国范围内都派上了大用场。在新文化运动“打倒孔家店”的过程中，全国各地的孔庙被毁的不少，许多殿前的匾额都荡然无存。

这是北京孔庙大成殿，其上悬挂的“万世师表”匾额拓片，成了全国各地修复孔庙匾额时临摹的“母本”

为了复原这些匾额，贾文忠的帝王匾额拓片因其能完整、真实再现文物全貌，而成了可参照的各地孔庙匾额的临摹“母本”。如今，曲阜等地孔庙悬挂的大匾，全部“脱胎”于贾文忠传拓的孔庙清九帝匾额。

李四光名字的由来

中国第四纪冰川遗迹陈列馆位于距北京城区 20 公里的石景山区模式口，这是我国乃至亚洲唯一一座建立在第四纪冰川遗迹上，以冰川知识、地质岩石、古生物、地球环保等科普教育为内容的展览馆。

中国第四纪冰川遗迹陈列馆中的李四光塑像及介绍

馆中有我国著名地质学家李四光的生平事迹介绍。介绍李四光的生平事迹材料中有一段有趣的介绍，说李四光原名李仲揆，他十四岁时报考新学堂，填写报名表时误将姓名栏当成了年龄栏填写了“十四”，他发觉错后便将“十”添上了几笔变成了“李”，可是他觉得“李四”这个名字不好，正为难时看到中堂挂着一块匾，上面写着“光被四表”，于是灵机一动，在“李四”后面加了一个光字，于是他有了一个新名字：李四光。或许是某种征兆，从此这个虚岁十四岁的少年就开始了他“光被四表”的灿烂人生。我不太相信李四光因此而发达，但从这件事来看至少可以显示出他聪明过人，天赋异禀。

孙中山为何不使用“孙中山”的署名

和平村是抗日战争时期国民政府军政部第二俘虏收容所的别称。1938年2月成立于湖南常德盐关，主要用于关押中国南方战场上俘获的日军俘虏。随着战局变化，后于1938年12月迁至贵州镇远镇，称为原国民政府贵州省第二模范监狱。

在贵州镇远镇的和平村参观时，一间名为“中山室”房间墙壁上的张贴物（见下面照片）引起了我的兴趣。围着孙中山像的横批“天下为公”和下面的“总理遗训”的署名均为“孙文”而不是我们平常说到的、耳熟能详的“孙中山”。既然这间屋取名为“中山室”，但为何“天下为公”和“总理遗训”的署名却不是“孙中山”呢？不光是这个地方，只要稍加注意，就可以发现我们在任何地方看到的“天下为公”条幅和“总理遗训”的署名都是“孙文”而不是“孙中山”，甚至可以说孙中山对自己写出的东西还没有过署名“孙中山”的，至少我没有见到过。这真是一个很有意思的现象，其中肯定有某种缘故。

贵州镇远古镇和平村中山室中的张贴

据相关资料，孙中山幼名帝象，稍长取名文，字日新（后易为粤语同音之逸仙）。从事革命流亡日本时，在日本曾使用中山樵、中山二郎这些假姓名。孙中山在正式公文签名用孙文；对西人通用孙逸仙。他在写信时，1910年署名使用过中山（与西人通信使用的中山，用汉语英译为Chung San）。从未使用过“孙中山”三字连署。1911年以后，其本人对中山二字亦未见使用。孙中山为什么不使用“孙中山”呢？不论是“中山”或者“孙中山”，都不是本人或长辈给取的，于理无据。况且，“中山”二字之含义，细想起来，孙氏可能极不舒服。1879年，日本灭中国藩属琉球国，改为冲绳县，逼迁其王至东京，以中山侯爵名义，处于囚禁状态。这是何等可悲可耻之事。若以一大国领袖之尊，姓名竟来源于亡藩辱爵，情何以堪！故孙氏对不知就里之人，尽管由他们去用，但如果自己也使用“孙中山”，煌煌大字落笔留于档册，则清夜梦回，便难免诛心了。这是否是孙中山从不自己署名“孙中山”的缘故，不得而知。

了解一下国民党党旗和“中华民国”的国旗

在贵州镇远古镇和平村中山室的墙壁上，孙中山的画像两旁各挂着一面旗帜，这也是我们在电视剧和电影里时常看见的，我只知道这分别是国民党党旗和“中华民国”的国旗，但其中的图形和颜色各表示何种意义也不甚了解。

查阅资料后摘录如下，也权当一次增长见识吧：

左边的那面旗子就是我们通常说的青天白日旗，那是辛亥革命时期制定的第一面旗帜。由兴中会会员陆皓东设计。后来由继承兴中会的中国国民党沿用为党旗至今。其释义为：旗作蓝色，以示青天；旗中置一射出叉光的白日图案。青色代表光明纯洁、民族和自由；白色代表坦白无私、民权和平等；白日的十二道光芒，代表一年十二个月，一天十二个时辰；也象征着国家的命脉，随着时间的前进永存于世界；更鼓舞国人与时俱进，自强不息。“青天白日”是中国国民党党徽。

右边那面旗子通常称为“青天白日满地红旗”则为“中华民国”国旗（1924年—1949年）。系由“中华民国”国父孙中山提议，将陆皓东设计之青天白日旗置于红底旗帜的左上角而来，经国民政府立法定为国旗。旗上青、白、红三色分别象征自由、平等、博爱之精神，以及民族、民权、民生之三民主义。若配合色彩的形状，青天则象征中华民族光明磊落、崇高伟大的人格和志气；白日象征坦白无私、平等自由的纯洁心地与思想，其十二道光芒代表子、丑、寅、卯、辰、巳、午、未、申、酉、戌、亥中国传统十二个时辰，又代表一年的十二个月，借意勉励人民不断奋斗进取、自强不息，如同日月光华，旦复旦兮；芒锋寓意革命精锐，民主自由博爱的光华四射，又象征着中华民族所传承的传统十二美德，即：礼，义，廉，耻，忠，孝，仁，爱，信，义，和，平的四维八德精神；而旗底的红色则代表国民革命先烈的热血及为民族、国家与荣誉牺牲奉献、勇敢奋斗的精神，同时红色亦代表博爱，寓意博爱精神充满中华大地的大同理想。青天白日亦可引申为白日普照之下的大地，无不沐浴着中华文明的光辉与灿烂，是谓“普天之下，莫非王土；率土之滨，莫非王臣”。

贵州镇远古镇和平村中山室墙壁上的国民党党旗和“中华民国”的国旗

朱批——皇帝心情的晴雨表

在广东的鸦片战争博物馆中，我看到了清朝道光皇帝在两广总督卢坤所呈两份奏折上的“朱批”（皇帝的批示专用红色，所以称之为“朱批”），见所附照片。因二份奏折上所呈报的内容不同，一个是坏消

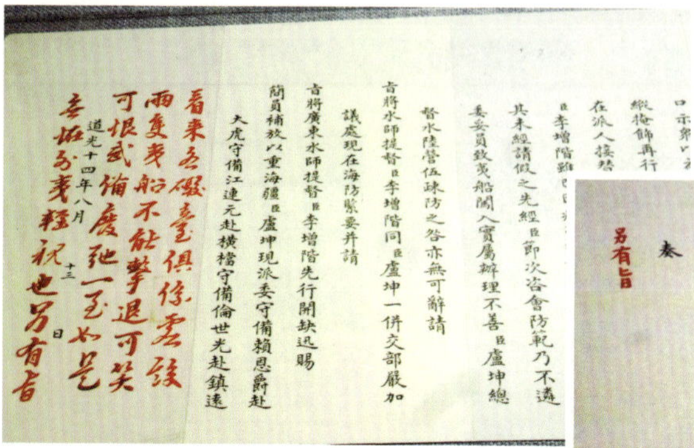

道光皇帝的朱批之一

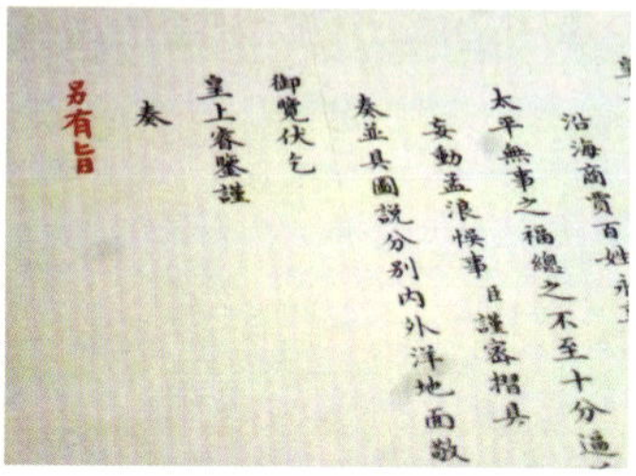

道光皇帝的朱批之二

息，一个是好消息，导致了道光皇帝的笔迹一个潦草、一个工整，从一个侧面可以看出皇帝对待不同奏折的心态，朱批就如同反映皇帝心情的晴雨表。

这是两广总督卢坤就律劳卑率两艘英国兵船闯入虎门，直达黄埔一事向道光皇帝所呈报的奏折。道光皇帝在奏折上的“朱批”，用现在的简化汉字写出就是：看来各炮台具系空设，两只夷船不能击退，可笑可恨。武备废弛一至如是。无怪至夷轻视也。另有旨。

字迹潦草，用词严厉，可见当时道光皇帝在批阅时的心情是何等气愤，定是“龙颜大怒”。

而对于卢坤的另一份奏折，道光的朱批“另有旨”写得比上一幅照片中的要端正多了，看来卢坤这份报喜不报忧的奏折让皇帝心宽了些许，心情也好了起来。

关于“惟楚有材”

在武汉园博会的湖南园中，有一副对联，这就是著名的“惟楚有才，于斯为盛”。

这副对联源自湖南长沙的岳麓书院。相传，清嘉庆十七至二十二年（1812—1817 年），袁名曜任岳麓书院山长（院长）。门人请其撰题大门联，袁以“惟楚有材”嘱诸生应对。正沉思未就，明经（贡生的尊称）张中阶至，众人语之，张应声对曰“于斯为盛”，这幅名联就此撰成。全联的意思或可理解为：楚国真是出人才的地方啊，而岳麓书院更是英才齐聚之会所。

时至今日，并不是所有看到这副对联的人都能正确地理解它的意思，有些人将“惟”与“唯”对等起来，于是就引发了对联中的“楚”是指湖南还是湖北这样一个有争议的问题。毫无疑问，这两地的人自然都希望这个“楚”专指的是自己的省份。但实际上，这是一个没有意义的争论，因为当今的湖南和湖北在战国时期都属于楚国的地域。就如战国时期著名的楚国诗人屈原（公元前 340 年—公元前 278 年），出生于楚国丹阳（今湖北秭归），但却在现今的湖南汨罗怀石自沉，以身殉国。所以这个“楚”是个泛指，但是“于斯为盛”却是独指现今的湖南岳麓书院。

其实，“惟楚有材”这句话的起源说起来倒是有点贬义的，它最早出自《左传·襄公二十六年》中“虽楚有才，晋实用之”，这里的

岳麓书院大门上的“惟楚有才，于斯为盛”对联

“虽”指的是即便，意思是说即便楚国有才，但也是在晋国发挥作用。后世的“惟楚有才”与“虽楚有才”虽然是一字之差，但褒贬之意却相去甚远，而且“惟楚有才”其实也并没有什么太多褒扬的意思，因为对联中的“惟”其实是个没有意义的语助词，“惟楚有材”这句就相当于“楚有才”。重点还是在后句的“于斯为盛”，全句综合理解应为“楚地有才，这里最多”，只是后人多把“惟”记成“唯”，然后就顺便理解为只有楚国有才的意思，反倒是说的好像其他地方都无才一样，这样理解这句话的人就有失偏颇了。

云居寺的“掉字不改意”御碑

清朝嘉庆皇帝多次来云居寺，曾为云居寺题写诗文，这就是云居寺中现存的一块嘉庆帝题词御碑。1942 年云居寺遭到日军轰炸，石碑

北京云居寺中清朝嘉庆皇帝的题词御碑

被毁的“云”字的局部放大图，可见被毁后雨字头下的弹坑居然像是片云彩，所以仍是“云”字。这就是云居寺中著名的“掉字不改意”的典故，在向人们讲述着不堪回首的战争历史，讲述着佛门因缘相生的玄妙之理。如果您到北京云居寺来，一定要到这块石碑前仔细看看

也被炮弹击中。奇怪的是，弹片虽然毁掉了云居寺的“云”字，但是被毁后雨字头下的弹坑居然像是片云彩，所以仍是“云”字（见照片中有疤痕的地方），至今令人叹为观止。

沈阳故宫文溯阁的匾额

如果您在参观沈阳故宫文溯阁时仔细观察，会觉得文溯阁的牌匾是否挂错了位置？正常情况下，牌匾应该悬挂在顶楼正中。而文溯阁的牌匾则悬挂在了一楼。而且牌匾也明显体积偏大，与所挂的地方明显不适。这是怎么回事呢？原来文溯阁门额的确应该悬挂在顶层檐下。但是，北京的设计师在设计文溯阁门额时，犯了一个严重错误：设计师误以为盛京文溯阁与北京文渊阁体量大小相同，便闭门造车，按照北京文渊阁体量制造了文溯阁门额。谁料想，北京文渊阁体量比盛京文溯阁大了不少，以致文溯阁门额送到盛京后，因为门额体量过大，文溯阁顶层檐下根本无法悬挂。施工者安装不上文溯阁门额，盛京内务府官员们也无计可施，只好报请当时的盛京将军。盛京将军来到施工现场视察后，也是一筹莫展。他思来想去，最后决定给北京总管内务府造办处行文，请他们按照盛京内务府提供的图形和尺寸，重新制造文溯阁门额。北京总管内务府大臣、当朝一品和珅得知此事后，也焦急万分、坐卧不宁。因为制造文溯阁门额失误，他应该承担不可推卸的责任。更令和珅焦急的是，再过几个月，乾隆

沈阳故宫文溯阁的匾额

皇帝就要赴盛京东巡祭祖。如果重新制作文溯阁门额，时间肯定来不及。百般无奈，和珅只好硬着头皮，将此事奏请乾隆皇帝。和珅原以为乾隆皇帝会大发雷霆。然而，乾隆皇帝不仅并未“龙颜震怒”，还和颜悦色地下旨，让和珅按照圆明园内文源阁门额的挂法处理。于是，按照乾隆皇帝口谕，和珅命内务府将圆明园文源阁画成图样，派人火速送往盛京，命盛京将军，将门额悬挂在文溯阁下檐。从此，这块巨匾就悬挂在现在的位置上了。

“司母戊鼎”怎么变成了“后母戊鼎”

一日到中国国家博物馆参观，为了拍摄一些青铜器上饕餮纹的照片，再次来到了青铜器的展厅。当我在镇馆之宝——“司母戊鼎”前拍摄时，突然有一个令我吃惊的发现，怎么这尊著名的“中国第一大鼎”改名字了？鼎前面放置的说明牌上赫然写着这尊鼎叫“后母戊鼎”！虽然在说明牌上也用括号写了“曾称‘司母戊鼎’”，但“曾称‘司母戊鼎’”这几个字不能消除我的疑惑，为什么会改名呢？其中的缘故和道理是什么？因为我估计绝大多数人也和我一样，在上中小学时就从历史课本中学过这尊“中国第一大鼎”叫“司母戊鼎”，现在改名其中必有缘故，但中国国家博物馆并没有对此做出任何解释。那么，国博的改名对不对呢？于是，我回家后查找相关资料，发现对国家博物馆的这个改名也是有很大争议的，各有各的理由，姑且将“后母戊鼎”的叫法称为“正方”，“司母戊鼎”的叫法称为“反方”，让我们来分别看看其理由和依据：

正方。正方的代表人物为国家博物馆研究馆员孙机先生，他针对众多的改名质疑进行了解释，主要观点如下：

鼎内壁铸有三字铭文，应代表器主。这三个字有人释为“司母戊”，故大鼎曾名“司母戊鼎”。但经过进一步研究，认为大鼎的铭文中的“司”实为“后”字的反文，因为本来甲骨文中许多字的写法左右无别，其中一个例证就是殷墟妇好墓出土的圆尊和方尊上都有“后母”铭文，其中的“后”字在两个尊上的写法就一反一正。

上古时代中，“后”泛指君上。在古文献中，后益、后稷、后羿等君主之名屡见不鲜。连带而及，“后”字亦训后妃之后。比如妇好是武丁的法定配偶之一，卜辞中就称她为“后帚好”。母戊也应是武丁的配偶，鼎铭中称她为“后”，正是合情合理的。商代称呼贵族，习惯在私名之前加上爵称，如“侯虎”等，和“后戊”的词序一致。不过后戊的地位更为尊崇，所以鼎铭中未直呼其名，而用了“戊”的庙号。至于“母”，则指她的辈分。在甲骨文中，祖母一辈的称“妣”，母亲一

国家博物馆的“镇馆之宝”

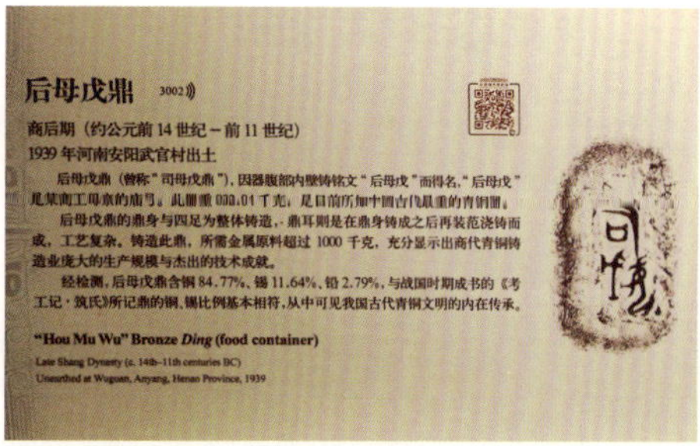

现国家博物馆中对这尊鼎的介绍，右边的图片是大鼎内部壁上的铭文拓片。文物专家给古鼎命名通常都是根据鼎内部的铭文，用鼎主人或者做器者的名字来命名。于是，在早期，郭沫若先生（在甲骨文研究领域声名显赫）和范文澜先生（著名的历史学家和文学家）都根据这处铭文的形状称该大鼎为“司母戊鼎”，这一名称一直沿用了数十年

辈的则称“母”。“后母戊”三个字将器主的爵称、辈分、名号都包括进来了，堪称实至名归，文从字顺。

反方。反方的代表人物为故宫博物院资深研究员、国内首屈一指的青铜器与古文字研究和鉴定大家杜廼松先生。他认为“司母戊鼎”的名称不容置疑，从科学角度分析，大鼎称“司母戊鼎”是准确恰当的。不少资料证明，早期甲骨文、金文中“后”字的写法，一般则写作“毓”，不写“后”。“毓”即“后”字，甲骨文与金文有较多的例证。而且，甲骨文、金文的“毓”作“后”时，其义多指先公先王，并没有“王后”的意思。较多资料证明，“司”字非“后”字，从金文资料考察来看，“后”字的写法，要到春秋战国时才出现。在出土或传世的文物中，“后”字写法的出现，离“司母戊鼎”的时代殷墟前期相差将近千年。杜廼松认为，安阳大鼎铭文的“司”字不可作“后”解，还可以从使用大鼎的祭祀者和被祭祀者之间的关系来说明。“母戊”称谓清楚地标明了被祭祀的对象与祭祀人的辈分关系。“母戊”即为祖庚、祖甲之母辈，祭祀者应为祖庚或祖甲。“司母戊”之“司”与祭祀之“祀”字，声音相近，“司”字无疑可假借为“祀”字。商周青铜器作为重要礼器，其中一个重要功能就是作为纪念死者的祭器。

对大鼎的“司”字，可以这样理解，实际上是“祀”或“祠”的简化字，从声韵上看，更贴近于祀字。他认为，大鼎的“司”字，解释成“祀”字更科学、更合理、更准确。“司”字，在音、义上既与“祀”字相通，“司母戊”三字即可直接解释和破译了，即“祭祀母亲戊”。他提出了这样的疑问：“如果把‘司’字作为‘后’字解，试想儿辈怎能将其父武丁王的配偶在祭器上直接称其为‘后’呢？”从典籍看，这也完全不合商周时代严格有序的礼仪制度。

作为普通百姓，对于这尊鼎到底是应该称之为“司母戊”还是“后母戊”也许觉得与自己没有太大的干系。但我觉得作为国家博物馆最重要的藏品之一，对于如此重要、受到万众瞩目的国宝，不应该没有一个准确的、统一的叫法。记得几年前，我到安阳（安阳是这尊鼎出土地殷墟的所在地）的中国文字博物馆参观，在这座国内唯一以文字为主题的国家级博物馆中，这尊鼎的释名仍为“司母戊鼎”，查看了一下 2016 新版七年级《历史》上册第 5 课“青铜器与甲骨文”中，也将此鼎称为“司母戊鼎”。不管学术界的争议如何，如果这种不同命名的情况长期存在下去，确实令人尴尬，也有失千年文明大国的脸面，希望有关部门能统一协调一下，给国人一个最终的正确交代。

这尊被称为“中华第一鼎”的青铜器被放置在国家博物馆的二号中央大厅最显著的位置，为国家博物馆的“镇馆之宝”。它的照片和介绍，很多人从中学的历史课本中已经了解过，从该鼎形体之硕大、铸造之精良、装饰之诡谲、铭文之宏放典雅等特点看，体现了殷商时期高级贵族对祭祀礼仪的重视和隆重程度。

2011 年 3 月底，中国国家博物馆新馆开馆，这件原称为“司母戊鼎”的青铜器亮相时标牌已赫然显示“后母戊鼎”。央视播出后，随即在社会上引起轩然大波，“司”、“后”之争也由学术界扩展到社会层面，甚至出现了在不同的博物馆中对这同一器物仍称之为“司母戊鼎”的尴尬局面。古人云，“国之大事，在祀与戎”，这样一件关乎国家脸面的事情确实应该有一个统一的说法。

最霸气的皇帝朱批

首都博物馆《走进养心殿》专题展中展出了一张雍正皇帝朱批的奏折，照片十分有趣，于是细细研究，不觉拍腿叫绝，这绝对是我见过的最霸气的皇帝朱批。雍正皇帝的这条朱批全文如下：

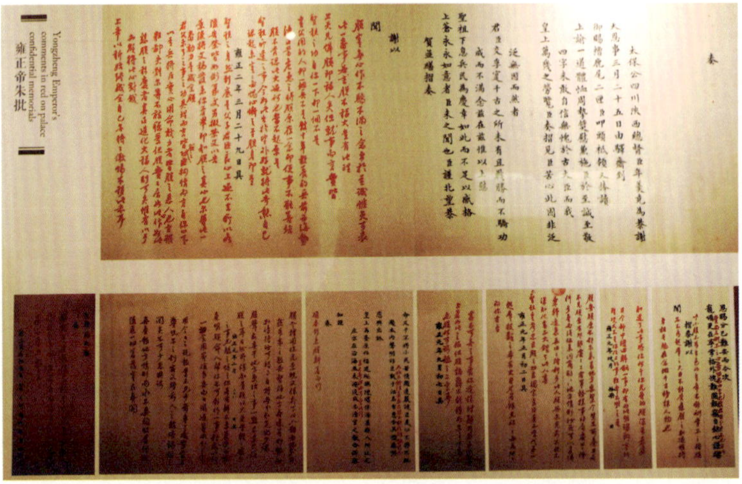

首都博物馆《走进养心殿》专题展中展示的雍正皇帝朱批

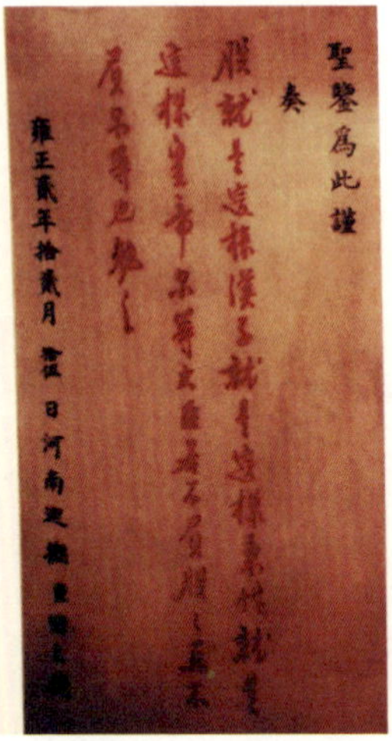

这就是史上最霸气的皇帝朱批。上面的朱批就是最左边皇帝朱批的放大版

朕就是这样汉子！就是这样秉性！就是这样皇帝！尔等大臣若不负朕，朕再不负尔等也。勉之！

试问，这样的朱批在中国历史上还能找出第二例吗？“朕就是这样汉子！就是这样秉性！就是这样皇帝！”三个叠句将雍正皇帝的霸气和率性显露无遗，绝对称得上是史上最霸气的朱批。

再仔细查看，这是雍正在当时的河南巡抚田文镜所呈奏折上的批示。史料记载，田文镜是雍正朝的名臣，在世宗朝始终任外官，他是汉军旗人，非正途出身，康熙二十二年以监生授县丞，用了三十多年才升到侍读学士，雍正元年奉派去华山致祭，揭发山西巡抚瞒报灾情，从此深受世宗信任，命他署理山西布政使，不到两年就升为河南巡抚，此后就一直在河南任职，逐步升官到河南、山东总督，兼理北河总督，雍正十年以久病卸任，很快去世，谥号端肃。

据查证，这件朱批所涉及的故事发生在雍正二年（1724 年），田文镜时任河南巡抚。当时，朝廷为了充实国库要将山东、河南两省所产的小米运往江南地区卖。这时田文镜向雍正皇帝上奏，说江南一带不吃小米，改运小麦为好，于是雍正批准了。而时任左都御史的朱轼和时任户部尚书的张廷玉却说，小米煮粥也挺好喝的呀。雍正皇帝就改而照后者说的话同意了。结果山东运到江南的小米卖不出去，此事将雍正气得够呛，但又不能说是自己错了，于是指责朱轼、张廷玉是在故意为难田文镜，并传圣大力表扬田文镜“实心办事”。于是田文镜在给雍正的回折中，极尽感激奉承之语，比如“不胜感激涕零”、“生生世世捐糜顶踵犹恐不足以仰报”等，同时也说自己“愚昧无知”，能把此事办对“此皆叠蒙圣恩多方教导”。

雍正收到田文镜的回折，估计被田文镜的这些马屁之词拍得龙心大悦，于是便写下了这条史上最霸气的批示：朕就是这样汉子！就是这样秉性！就是这样皇帝！尔等大臣若不负朕，朕再不负尔等也。勉之！

乾隆皇帝是发明 PS 的始祖吗

到北京首都博物馆参观《金玉满堂·京津冀古代生活展》，展览中有两幅展示古代文人书斋情形的古画引起了我的兴趣。一幅是清代著名画家丁观鹏所作《乾隆皇帝是一是二图轴》，另一幅是明代著名画家仇英所作《临宋人画册》，将两幅画两相对比，我发现很有意思。

仇英的《临宋人画册》展示了一个并不奢华却意境别致的明代文人书房。也许是乾隆皇帝很欣赏《临宋人画册》中呈现的文人雅趣，于是命宫廷画家丁观鹏以其本人为模特儿绘制了一幅相似的作品，将画中文士变成了方巾道袍的帝王。以这种画中画的形式表现皇帝的肖

这是明代著名画家仇英所作《临宋人画册》

这是清代著名画家丁观鹏按照乾隆皇帝要求所做的《乾隆皇帝是一是二图轴》。可见与明代著名画家仇英所做的《临宋人画册》有很多相似之处，采用了不少类似现代照片PS的手法

像，在西洋画中是没有的，在中国历代皇帝中，也仅乾隆皇帝一人。

与仇英的《临宋人画册》相比，《乾隆是一是二图轴》中的陈设细节有了不小的变化。画中，乾隆皇帝坐在一个罗汉床上，身后屏风上的《汀洲芦雁图》换作了一幅“四王”风格的山水，靠几换成了如意；纱罩下饮茶用的托盏，变成了玉璧和青铜觚。原图平视的视角也变成了微微的仰视，前朝文士风流逸趣的书房，摇身变作堂皇富丽的宫廷书斋。但是，房中家具摆放的总体格局没有变化，只是画屏对面的小盆景因为视角的关系，湮没在珍稀古董的光芒之中。

由此可见，在《乾隆是一是二图轴》的绘制过程中，乾隆皇帝提出了不少现代图像处理技术（PS）的创意，比如抠图、替换、美容、添加、去除等手法。以此来看是否可以说，自诩风雅的乾隆皇帝是PS的始祖呢？

“朝乾夕惕”与年羹尧的“欲加之罪”

北京首都博物馆《走进养心殿》的展览中，展出了雍正皇帝的不少印章。其中有一方“朝乾夕惕”印章，颇耐人寻味。

“朝乾夕惕”语出《易经》。乾卦·九二爻辞有：“君子终日乾乾，夕惕若厉，无咎。”乾，在《易经》中有多重含义，表示阳刚、阳性、光明、皇上、父亲……等等。“终日乾乾”这四个字，可以理解为整天都是干光明正大的事；“夕惕若厉”，夕，晚，每晚都要警惕反省自己，如临危境。《易经》告诫人们，作为君子只要能做到这样，那么就不会有麻烦事了（无咎）。于是“朝乾夕惕”就成了一个固定的成语。本来将汉语中并列关系的词语，顺序颠倒一下，含义并不改变。有时为了平仄押韵的需要，作者还特意将词序做些调整，也是常有的事。但在中国历史上，却有赫赫有名的大人物因将这个成语的顺序颠倒而掉了脑袋，这就是雍正朝的第一起文字狱——年羹尧案。

这是雍正皇帝的“朝乾夕惕”玺。雍正皇帝即位后，日月勤慎，也以“朝乾夕惕”自励、自诩。“朝乾夕惕”用寿山石雕刻而成，抛光圆滑，雕工细腻，艺术水平很高

年羹尧是汉军镶黄旗人，进士出身且有用兵之才，在川藏一带平叛屡建功勋，康熙末年授定西将军、兼理川陕总督，一意依附当时还是雍亲王的胤禛。胤禛即位后，年羹尧备受宠信，累授川陕总督、太保、抚远大将军，爵封一等公，一度具有全国80%军队的调配指挥权，权倾朝野。年羹尧又因妹妹是雍正的妃子，开始居功自傲，雍正忍无可忍，终动杀机。雍正三年（1724年）二月，出现“日月合璧，五星连珠”的天文奇观，臣僚均上表称贺，年羹尧也上表。但年羹尧的贺表中出现了两个瑕疵，一是字体潦草，二是将“朝乾夕惕”写成了“夕惕朝乾”，此语意为终日勤慎，就是写倒了意思也不变，这却给已对年羹尧动了杀机的雍正提供了一个求之不得的极好借口，雍正借此当庭对年羹尧大加斥责。那些对年羹尧有怨怼的人见皇上带了头，便群起而攻之，于是年羹尧被劾成九十二条大罪，由抚远大将军降为杭州将军，进而被令自裁，亲族、同党或斩首或流放或贬谪。

雍正皇帝借年羹尧颠倒语序，兴起大狱，只能说是欲加之罪，何患无辞。但也因此使“朝乾夕惕”一词扬名千古。这个故事再一次表明，任何人任何时候都不能居功藐上，冒犯老大，否则会死得很难看的。

六世达赖喇嘛仓央嘉措的名曲诞生地——玛吉阿米酒馆

去拉萨的八廓街，有一个地方一定要去看一看，那就是玛吉阿米酒馆。

八廓街的建筑大都是白色的，只有八廓街东南角有一栋涂满黄色颜料的两层小楼。这里就是六世达赖喇嘛仓央嘉措的密宫。对西藏历

酒馆内悬挂有玛吉阿米掀帘窥望仓央嘉措的画像

史和文学有所了解的人都知道一个响亮的名字——六世达赖喇嘛仓央嘉措。他不仅是西藏历史上一位杰出的宗教精神领袖，还是一位才华横溢的浪漫主义诗人。相传仓央嘉措为了寻找至尊救世度母、跋山涉水走遍了藏区。有一天在拉萨八角街一个小酒馆休息、门外一个月亮般娇美的少女掀帘窥望，这个名叫玛吉阿米的姑娘那娇美的面容深深地打动了仓央嘉措。于是，怦然心动的仓央嘉措为玛吉阿米写下了那首流传至今的著名诗篇：在那东方山顶，升起皎洁月亮，玛吉阿米的面容，渐渐浮现我的心上。（注：“玛吉阿米”是流传在藏区的一个美丽的传说，意为未嫁娇娘，或可引申为美丽的梦。）

现今拉萨八廓街上的“玛吉阿米”酒吧所在的这座黄色的小楼，

相传就是当年仓央嘉措与玛吉阿米相遇的地方。玛吉阿米酒馆是一个很具有艺术品位的艺术酒吧，它的墙壁四周贴满了绘画、摄影、手工艺品，书架上有卡夫卡、艾略特等人的原版图书。

八廓街上玛吉阿米酒馆

第七篇

自然奇观

南半球的漩涡

我原来学地理知识时留下一个印象，南半球的自然水流漩涡的方向与北半球的是相反的，即南半球的漩涡方向为顺时针，而北半球的漩涡方向为逆时针。巴西为南半球国家，这次到了巴西我就很注意观察这里的漩涡方向是否就如上面所说。

在巴西的朱比亚水电站考察时，我站在大坝上观看河面上的漩涡，在自然流态下的河面漩涡确实是顺时针旋转的，于是拍了几张照片佐证。

查阅了一下资料，史料记载观察到南北半球漩涡方向不同的人是20世纪40年代的科学家卡皮罗。他在每次实验后，把污水倒入水槽时发现在漏水口处形成的漩涡总按固定的方向旋转，这个现象引起了他的注意。于是在水流下时他故意用手指向相反方向搅动，但手离开后漩涡又恢复原来的旋转方向。这是否与漏水口的形状有关？于是他做了许多不同形状的漏水口，但试验结果总是相同。他对此困惑不解，于是他到世界各地去做同样的试验，使他大为惊奇的是在南半球水流漩涡的方向与北半球刚好相反，在北半球是逆时针的而在南半球则是顺时针的，在赤道附近两种情况几乎各有一半。卡皮罗喜出望外，他终于找到了结论，即漩涡的方向与水流在地球上所处位置有关。后来人们把这种现象称为“卡皮罗现象”。

在巴西拍摄的河面漩涡

事实上，“卡皮罗现象”是地球在自转

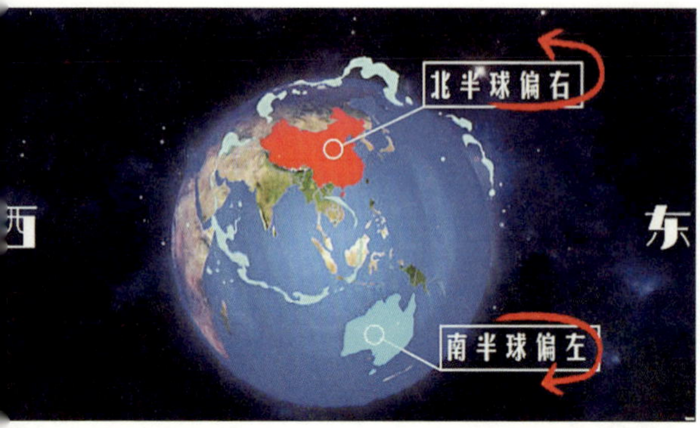

“卡皮罗现象”的图示

过程中由于惯性引起的一种所谓“科里奥利力”造成的。在北半球这个偏向力是向右的，它会使得水在向下流时形成逆时针方向的漩涡。而在南半球则刚好相反为顺时针方向。在自然界里“卡皮罗现象”的另一形式是龙卷风，无论是在广袤的平原还是浩瀚的大海上产生的陆龙卷和海龙卷，人们发现在北半球它们的旋转方向大多是逆时针的。“科里奥利力”是一个重要但又容易被一般人所忽视的力。例如在北半球火车由南向北快速行驶时右边轨道上所受的压力要大些，由南向北的河流东岸受冲刷较厉害，这些现象都可用“科里奥利力”来解释。另外在发射远程导弹、气象预报、航海、航空中气泡水准仪的设计等方面也要考虑到科里奥利力的影响。

腰果的本尊原来是这个样子

腰果是我们大家熟悉和喜爱的一种干果。我原来一直以为腰果就如同花生果差不多，去掉外面的壳后就是我们平常吃的这个模样。但这次到巴西后，我才知道我们平常所食用的腰果只是生长在假果顶端的肾形部分，其实我们很多人是从来没有见过腰果加工前的真实模样的。

在我们住宿的酒店里，早餐食物台上有很多巴西当地水果，其中有一种颜色鲜艳、形状像大辣椒似的水果引起了我的好奇，在国内没有见过也没有吃过。有天早上我终于没有抵挡住它的诱惑，拿了一个食用。将其掰开里面果汁盈盈，品尝了一下甜滋滋的，有点腻人，咬其果肉很劲道，很难嚼碎，只好将其内果汁吸吮干净后作罢。但心有不甘，吃了半天还不知道这是什么水果，于是拿出手机立此存照。事后在网上查阅资料，才知道这是腰果，我吃的仅是腰果的假果部分，真正的腰果是假果顶端的那个肾形核果。真是长见识了，附上一点网上查阅的腰果资料：

腰果生长的树为无患子目漆树科腰果属，常绿乔木，树干直立，高达 10 米。原产于巴西东北部、南纬 10° 以内的地区。16 世纪引入亚洲和非洲，现已遍及东非和南亚各国。现在中国的腰果种植区主要分布在海南和云南，广西、广东、福建、台湾也均有引种。

这是我在酒店早餐食物台上取用的从没有见过的巴西新鲜水果。在我看来，这家伙长得像大辣椒（其实是腰果的基部——假果），但果柄过于粗壮（后来知道这才是腰果的真果——肾形核果），有点比例失调哦

里面的果肉是这个样子。放入口中一咬，果肉很坚韧，果汁甜得腻人。假果可生食或制果汁、果酱、蜜饯、罐头和酿酒

在树上没有摘下来之前是这个样子，看来我一直将它拿反了。下面部分才是我们平常吃的腰果

这才是我们平常吃的腰果，用生长在假果顶端的肾形部分加工而成。注意，生腰果有毒，一定要烘焙熟了后才能吃，否则生吃的话会让你的脸肿得像猪八戒

腰果的真果是著生在假果顶端的肾形坚果，两侧压扁，长 1.5—2 厘米，宽约 1 厘米，由青灰色至黄褐色，果壳坚硬，里面包着种仁，这才是我们常说的“腰果”。果基部为肉质梨形或陀螺形的假果所托，假果长 3—7 厘米，最宽处 4—5 厘米，成熟时紫红色。

通过查阅资料，我还吓了一跳，原来该物种为有毒植物，其毒性为果皮和种皮有毒，其水提取物与皮肤接触会发生刺痛、红肿和起泡。腰果含有多种过敏源，对于过敏体质的人来说，可能会造成一定的过敏反应。腰果必须要烘焙熟了后才能食用，如果生吃腰果，会出现一些过敏症状，轻者腹痛、恶心，嘴唇、眼睑水肿，咽部痒痛，眼、耳、鼻发痒，打喷嚏，流清涕，头晕心慌；严重者小儿全身起风团，成年人出现过敏性休克；最危险的莫过于呼吸道水肿。如果喉头水肿，可致喘憋、窒息，抢救不及可致死亡。特别是原有支气管哮喘的人，病情会更重。看完这段介绍，心中不免庆幸一番，那天早上我是将腰果的真果当成了假果的果柄才没有去咬它，要不然还真不知道会出现什么情况，也算躲过一劫吧。

中国最北点到底在哪里

关于中国的最北点有几种说法，漠河县的大兴安岭境内最少有两个所谓的中国最北点标志：一个在北极村，一个在乌苏里浅滩的实地上。由于乌苏里浅滩的路程更远，而且乌苏里浅滩附近的中国最北村子——北红村因为开发得比较晚，很大程度上还保留着原生态，旅游设施和吃住条件远不及已经开发比较完善的北极村。因此，如果游客没有特别要求的话，很多旅行社都是将北极村作为中国最北点来安排旅游线路，但实际上北极村并不是真正的中国国土最北点。如果您在去漠河旅游前不仔细做做功课，很可能就被旅行社忽悠了，以为到了北极村就到了中国的最北点，那您的寻北之旅可就被大打折扣了。

我在此次出发到漠河旅游之前，仔细研究了一下地图和

这是乌苏里浅滩实地上的“中国最北点”标志

这是中国地形图上最北端部分（即中国地图“鸡冠”的顶点）的放大图，由图中可以看出，中国最北的村子是北红村而不是人们通常以为的北极村，而真正的最北点则是在乌苏里浅滩，上面照片的“中国最北点”标志才是真正的名副其实

我踏着厚厚的积雪下了江堤，来到了中国边境线最北点（此点在黑龙江江面主航道中心线上）。为了防止游客或当地居民从结冰的江面上越境到俄罗斯的地界，边防部队在黑龙江主航道中心线上拉起了这样的临时警戒线

上面照片中我所站的位置就是这张地图上“乌苏里”旁的红色箭头标记处，即中国边境线最北点（此点在黑龙江江面主航道中心线上）

这是中国陆地的最北界桩，坐标为：东经 123°15′30″，北纬 53°33′42″

相关资料，发现其实中国最北点应该有三个概念，即中国边境线最北点（此点在黑龙江江面主航道中心线上）、中国陆地最北点（在漠河县图强林业局管辖的乌苏里浅滩岛上）、中国陆地最北的界桩（在乌苏里浅滩的实地上）。如果要将这些地点精确定位的话，可以使用《中国国家 2000 坐标系》上的坐标数据来表示，则中国边境线最北点的坐标为：东经 123°15′30″，北纬 53°33′47″；中国陆地最北点的坐标为：东经 123°17′56.76″，北纬 53°33′33.17″；而中国陆地最北界桩的坐标为：东经 123°15′30″，北纬 53°33′42″。

山东长岛长山尾——两海交汇的自然奇观

长岛处于我国黄海与渤海的交汇处，大自然鬼斧神工、自然形成的“黄渤海分界线”是国内乃至世界少有的内、外海交汇奇观。站在两海交汇观景台上放眼望去，一脉玉滩的长山尾延伸在黄、渤两海之间，不同的海水在此间交汇、漫延，聚而散、散而聚，海水相互间不断地渗透、推搡，纠缠在一起，仿佛黄渤海在

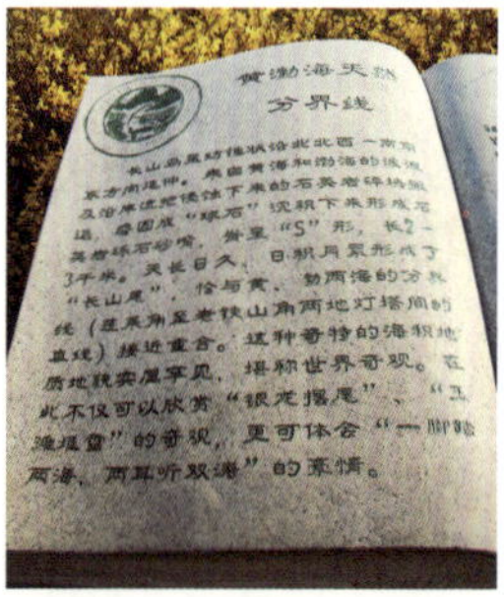

黄渤海天然分界线的介绍

这就是著名的黄渤海交汇处所在地——长山尾，它处于南长山岛的最南端。黄海处于东面（湾的外侧），渤海处于西面（湾的内侧），黄海的水往渤海流。两海交汇的水带在海面上形成了一个优美的 S 形状，如同在天地间展开的巨大太极图

打架。别处波平如镜，这里却暗流涌动，虽然黄、渤两海的颜色分明，但却非一条直线，而是颜色深浅不同的S形水域，极像是海天之间绘出的“太极”图形，把一海碧水分为泾渭分明的两个世界，令人叹为观止！

这是185团团史陈列馆中对当地很有名的“眼睛山”的介绍

变化的眼睛

新疆建设兵团农十师185团下属“西北边境第一连”的防区现在也对游客开放了，如果在中华人民共和国地图上查找，“西北边境第一连”的驻地就是公鸡尾巴向后翘的最末端位置。因为位于祖国的最西北边陲，这个连队被誉为“西北边境第一连”。

这支连队组建于1970年中苏关系最紧张的时候。那时苏联还没有解体，这里是中苏边境线。为了防止外敌的侵入，农垦兵团决定在这里组建这

这是我拍的“眼睛山”，它位于第一连驻地东面，一座山头耸立于沙漠之边，巍峨险峻，气势非凡，神奇的是，山腰处生长着两丛翠绿的爬地松，相隔5米，皆成圆形，远远望去，鬼斧神工，就如人的两只眼睛。据这里的老军垦战士介绍，二十世纪六七十年代，中苏关系紧张时，这两片松林的中间是圆形的空地，远看犹如两只巨大的眼睛炯炯有神地警惕注视着对方，没有丝毫的松懈。苏联解体后，中国和哈萨克斯坦共和国成了友好邻邦，两国关系缓和，其中的一片松林中间也神奇地长满了树木，又犹如两只眼睛一只慢慢合拢，一只仍然睁着，好像是睁一只眼闭一只眼，惟妙惟肖，活灵活现，神奇逼真

个连队。在这个连队的防区中，除了著名的白沙湖外，还有一处名为“眼睛山”的景点，也很有意思。

遇上了“中华仙草”

最近几年来，石斛作为养生保健佳品受到了极高的推崇。其实，石斛自古以来就被视为名贵中药材。唐代开元年间的道家经典《道藏》把“铁皮石斛、天山雪莲、三两重的人参、百二十年的首乌、花甲之茯苓、深山灵芝、海底珍珠、冬虫夏草、苁蓉”并称为“中华九大仙草”。而铁皮石斛，历史上一直贵为皇室专用。

我在进行川藏线自驾游时，曾在一些当地的土特产商铺中见到过已经加工了的石斛，这种看起来像干麦梗似的东西售价是每克几十元。于是，我对这种价格不菲，且被誉为“中华九大仙草”之首的神奇之草产生了强烈的好奇心，它们在生长情况下是什么样子？后来在井冈山的黄洋界游览出来后，碰巧路过一座

井冈山人工栽培的铁皮石斛

铁皮石斛仿野生栽培的介绍

名叫“黄洋界铁皮石斛仿野生种植基地”铁皮石斛的种植园，于是顺便进去观赏了一番，也算对这种传说中的“仙草”有了更深刻的感观认识。

这是一处在地上生长的铁皮石斛，看起来比接种在树干上的要水灵得多，更像名副其实的“仙草”

这里的铁皮石斛采用了接种在杉树树干上的仿野生栽培方式，通过让石斛吸收树干的养分来生长。铁皮石斛属气生兰科草本植物，是国家二级珍危保护品种。石斛种类有 50 多种，其中铁皮石斛为石斛之珍品，具有独特的药用价值，尤以滋阴功效最为显著。

此“红豆”非彼“红豆”

“红豆生南国，春来发几枝。愿君多采撷，此物最相思。”相信对于很多人来说，关于红豆的最初印象，就是源于这四句脍炙人口的诗了。唐朝著名诗人王维在这首千古名篇中，明白无误地说明诗中的红豆生长在南方。据考证，诗中的“红豆”其实包括红豆和相思豆两种。红豆是红豆树上结的种子，颜色鲜红光亮，长 1.5—2 厘米，属豆科乔木类。相思豆又名鸳鸯豆、相思子，顶端红、底部黑、颜色鲜艳有光泽、大如黄豆，是多年生蔓性草本植物，结的籽像豌豆而稍扁，呈鲜红色。由于红豆果实鲜红浑圆，晶莹如珊瑚，自古以来，人们对红豆怀有一种特殊感情，一些地方的青年男女，常常把红豆作为爱情的信物，互相馈赠，寄托相爱情意；民间还用红豆串成项链，或者作为手镯、戒指等镶嵌物，用以赠送亲友、寄托相思。人们通常把其当作爱

内蒙古莫尔道嘎国家森林公园红豆坡上生长的北国红豆

情的象征。也就是说，这种红豆是用作饰品，而不是用来食用。

但在内蒙古东北部的莫尔道嘎国家森林公园中，我却看到了一种可以食用的红豆。莫尔道嘎国家森林公园中有一处名为“红豆坡”的山坡，山坡上面长满了一种被当地人称之为“兴安红豆”的植物，但这种北国红豆与王维诗中所提到的“南国红豆”是两种不同的物种。“兴安红豆（北国红豆）”的学名为红豆越橘（Vacciniumvitis-idaea），在我国主要分布在北纬52度以北的东北大小兴安岭与长白山，以及新疆等高寒地区主要分布于大兴安岭原始森林中。色泽嫣红，叶可入药，野生的北国红豆果比蓝莓稍小，肉质柔软，富含丰富的多种维生素，可直接食用，味道酸甜。红豆越橘与我们日常所吃的蓝莓是很相近的两个物种，也是一种越橘，都属于杜鹃科越橘属植物。

当地百姓将北国红豆采集后向游客出售，10元钱一口杯

名副其实的狼毒花

前几年，根据著名作家权延赤的军事题材长篇小说《狼毒花》改编的同名电视连续剧在全国热播。“狼毒花”是剧中主人公草莽英雄

常发的绰号，用以形容主人公常发心狠手辣、浪荡不羁的形象和性格。但在大自然中却确实生长着一种名为“狼毒花”的植物，花朵艳丽、毒性极大，与其名字倒是十分相称。狼毒花又名“断肠草”，由此可见其毒性之大。

我在青藏高原的旅途中，多次在草原上见到过这种多年生草本植物，当地人告诫我不要碰触这种看起来很漂亮的花朵，它浑身有毒，其根、茎、叶均含大毒，可制成药剂外敷，能消积清血。亦可做农药，用以防治螟虫、蚜虫，但人畜绝不能食之。

从植物学上来讲，狼毒花又叫火柴花，有瑞香科狼毒、大戟科植物狼毒。我在高原上看到的，多数是瑞香科狼毒，花苞的时候，是红色，开的花，却是雪白的，一株上可以开 10—20 朵，5 个花瓣，花朵的直径不到 0.5 厘米，小而娇艳。在高原上，牧民们因它含毒的汁液而给它取了这样一个名字。狼毒花根系大，吸水能力强，能够适应干旱寒冷的气候，生命力强，周围草本植物很难与之抗争，在一些地方已被视为草原荒漠化的“警示灯”。

茫茫的沙漠与草原之间，狼毒花也是草原蜕变成沙漠的最后一道风景线，一丛丛、一片片灰绿色的草，在漫天的灰尘和沙砾中傲然挺立着，草尖上有的像火柴头般的红骨朵，有的已经开出了白色的花。狼毒花在呼啸的风声里，在落日的余晖下顽强地闪烁着耀眼的光泽。因为传说中它比狼还毒，给人带来的是恐惧和死亡的威胁。但是，人们也都知道，从沙漠里走来的人，看到它，便看到了希望，知道它的后面就是生命和胜利。也只有它能够在最恶劣的环境下顽强生存，并奇迹般地开花结果。

青藏高原上盛开的狼毒花

地球上的奇特景观——盘锦红海滩

红海滩风景区是国家4A级景区，地处渤海湾东北部的辽河三角洲湿地，位于辽宁省盘锦市大洼县赵圈河乡境内。以海堤隔开的南、北景区景观截然不同，濒海的南面是一望无际、连天接地的红色草滩，而被海堤与大海隔开的北面则是浩瀚无边的芦苇荡。让人倍感惊奇的是南面这块铺展在海天之间的巨大红毯竟然是由一棵棵纤弱的小草织就，这种神奇的小草名叫“碱蓬草”。

碱蓬草是一种适宜在盐碱土质，也是地球上唯一一种可以在盐碱土质上存活的草。正常年份3月上中旬至6月上旬都可出苗，出生时是比较浅的粉红，随着慢慢长大，颜色会越来越红，7—8月为花期，9—10月为结实期，11月初种子完全成熟。每当秋季成熟时，植株颜色变得火红，鲜艳欲滴。无数的碱蓬草在辽河三角洲的这片湿地上汇聚成红色的海洋，十分壮观，被誉为“地球上的奇特景观”。

这片红海滩是辽河移山填海的自然产物，辽河从上游带来的有机物与无机物在入海处形成了咸淡交融的大量物质在这里沉积，形成了

盘锦红海滩景观

碱蓬草植株

滩涂，含有沉积有机物的滩涂特别适于盐生植物碱蓬草的生长，它是一年生的草本植物，以每年几十米的速度向海中延伸，新的滩涂不断地出现，旧的滩涂就被生长出的碱蓬草所覆盖了。海的涤荡与滩的沉积是红海滩得以存在的形式，盐的浸润与碱的渗透就是它得以红似朝阳的条件，火和红就是它生命的形式与内容，它无须人撒种，无须人耕种，在盐碱卤渍里，年复一年地生生死死，死死生生，于时光荏苒中酿造出一年一轮回的火红生命色泽，成为大自然孕育的一道奇观。

碱蓬草的籽、叶和茎都可以食用。在上世界六十年代的“粮不够，瓜菜代”岁月，红海滩也曾成为救命滩。滩边的渔民村妇曾采来碱蓬草的籽、叶和茎，掺着玉米面蒸出来红草馍馍，几乎拯救了一整代人。

世界上最小的猴子——狨猴

正当我们在巴西里约热内卢的著名景区面包山观景平台上欣赏风景时，突然，几只像松鼠大小的小动物蹿到我们旁边。这些小家伙长相奇特，一副呆萌像，很是招人喜欢。知情者说，这就是狨猴，一种世界上最小的猴子。

查阅了一下资料，狨科有 3 属 35 种之多，是产于中南美洲的小型低等猿类，特点是体小尾长，尾部具有缠绕性，头圆、无颊囊、鼻孔侧向，与其他高等灵长类不同，只有大脚趾具有指甲，其余各趾和指均为爪子。各种狨皆活泼可爱温顺且脆弱，易驯养，现在被一些人当

巴西的狨猴。狨猴的耳朵旁、额头和嘴边都长着白毛，很是显眼

狨猴的尾部很长

作宠物饲养。

一只狨猴突然蹿到了我们所站的观景平台边缘，我是第一次看到这种小精灵，很是稀奇。它的回眸一望，让人顿生怜爱。这家伙一本正经起来也颇有点大将风度，难怪它的一种同门兄弟被称为“皇狨猴”，它被称为“皇”是因为当初它刚被欧洲人发现时，有人戏谑它像德国的威廉二世皇帝。这个名字原先只是一个笑话，没想到后来成了正式的学名。

黄头狨又名黄冠狨，是巴西特有的一种狨属。它像松鼠一样，是树栖动物，行动相当敏捷。喜欢白天成小群活动。除了大脚趾以外，其余的趾上都有爪，利于在树上跳跃。不像其余的美洲灵长类动物，它们缺少第三对磨牙。眼前这家伙的这副神态似乎在思考着生死攸关的人生重大问题，看起来有点滑稽。狨猴的视力非常敏锐，并且和人类一样同时靠两只眼睛准确判断物体的远近，从而能在丛林中跳跃翻飞、来去自如。不过，狨猴对色彩的识别没有我们厉害，所有的雄性狨猴都是红绿色盲。有趣的是，雌性狨猴中只有一部分是红绿色盲，另一部分和我们一样有正常的色彩视觉。当发现有陌生人时它会将耳旁的白毛竖立，把脸不断地摇晃，甚至龇牙咧嘴地发出高频率尖叫以表示恐惧、警示的状态；在人类没有明显表现出攻击或捕捉的情况下很少会有主动攻击的行为发生，反之则会发起攻击。

听到一声响动，循声望去，发现了树林中有好几只在树枝间跳跃腾挪。由于这种猴子体小尾长，停息在细小的植物枝干上，而且行动敏捷，常在树林间穿东奔西，蹿跳自如，因此当地也叫它“松鼠猴”、“鸟猴”等等。

造山运动中绽放的灿烂之花
——西藏阿里的五彩山

在西藏阿里地区自驾游，从塔尔钦镇前往札达县城，沿着219国道行驶到札达土林附近，呈现在我们面前的山峦是一种与之前所见的青藏高原风光迥然不同的景象。只见山体雄浑刚劲，延绵不断，山上寸草不长，大地色彩斑斓，红褐色、铅黑色、金黄色、紫红色、青蓝色的地表宛如一个巨大的调色板，随着角度和光线的不同，变幻出绚丽的图案，任何人即使是最高明的画家也难以调制出这样丰富的色彩，只能用“鬼斧神工”来形容，我不禁感叹大自然的神奇造化。

站在这大自然的杰作前，我无法想象目前所处的位置就是两大著名板块的结合部，它的北面是欧亚板块，南面是印度板块。而且这是青藏高原上最新的、保存最完好的蛇绿岩带

这两个挨在一起的小错（湖）称为“天使的眼泪”，如果是晴朗的艳阳天，蓝色的天空映在水面上会呈现出一种摄人心扉的湛蓝色

这片色彩艳丽丰富的山峦在当地被称为“五彩山”，从地质学上来说，它应该属于地理学上非常著名的印度河——雅鲁藏布“蛇绿岩带”地貌，这是4000万年前的地壳运动时，印度板块和欧亚板块发生碰撞，强烈的造山运动把海底岩石挤出地面所形成的结果。而丰富的颜色则是由于山头中含有不同的金属元素，或是由曾经位于大洋底下最表层的深海放射虫硅质岩所造成的。

大自然不朽的雕刻——札达土林

中国广袤的国土上分布着石林、土林、冰塔林等各种自然景观之“林”，但以景色壮观、气势宏大而论，没有一处能超过西藏阿里地区的札达土林。

站在观景台上放眼望去，眼前这片地貌确实让人震惊！中国各类土林分布甚广，但在高原的雪山和蓝天衬托下的札达土林具有无可比拟的壮美，别具特色。这是一幅用语言难以描述的大气磅礴的雕刻作品，是造物主用他的上帝之手在中国西部这片广袤的土地上施展其鬼斧神工般的技艺，融入了他的思想、他的灵魂而完成的杰作

车子在札达土林中穿行，就犹如在一个气势磅礴、变化万千的画廊中流动，每前进一步，展现在眼前的就是一幅全新的画面，不得不感叹大自然匠心独具的神奇。驻车立于土林盆地之中，我更加深切地体会到了大自然的伟力，更为它的造化所震撼。远望，满眼的金碧辉煌；在高原迷幻光影的衬托下，宛若神话世界。近观，各种造型环绕，道不尽千变万化、天工巧夺。那举世所无的奇观，像庄严宏伟的庙宇，像壁垒森严的碉楼，像恢宏高耸的佛塔，像极尽豪华的古代宫殿，像古朴威严的欧式城堡；也有的或如万马奔腾、昂首啸天，或如教徒修行、虔诚静坐，万象天工，无可尽数

札达土林夕照

这是用长焦镜头拉近的土林局部特写，昔日沉积在湖底的岩层，以不同的色调、层理结构和物质组成，以及包容在岩层内部的古动植物化石，为人们解读高原古地理、古环境的变迁提供直接或间接的证据，这里是科学家们研究高原隆起的大自然实验室

札达土林从北西到南东，海拔大体在4500米上下，绵延175公里，宽达45公里，是一片貌似北方的黄土高原。在245—600万年前，喜马拉雅山和冈底斯山海拔还相对低矮，在这两大山系之间，是一个面积广达70,000平方公里的外流淡水湖盆，来自这两大山区的河流，携带了大量砾卵石、细粉沙和黏土堆积于湖中，面积达数百平方公里之阔，其地貌在地质学上称河湖相。后来，喜马拉雅造山运动使湖盆升高，水位递减，湖底沉积的地层长期受流水切割，露出水面的山岩经风雨长期侵蚀，终于雕琢成今日的模样。

这是我们这个星球上规模最大的一片土林，峡谷与土林层层叠叠，绵延不绝。我认为，简单地将这样壮观的景象用“河湖相”或“水平岩层地貌”等为大多数人所不知的生僻专业术语来表征，是远远不够的。因为，我更愿意相信，这是一种艺术，一种人类不可能企及的艺术，是大自然特意造出来、专门为了向人类展示其魅力的不朽雕刻。

黄山迎客松的枝叶为什么会向一个方向倾斜生长

来到黄山旅游，游人们都会在黄山的代表性标志——黄山松前留影。照片中的这棵松树就是黄山松的代表，乃至整个黄山的象征，其一侧枝桠伸出，恰似一位好客的主人伸出一只臂膀欢迎远道而来的客人，雍容大度，姿态优美，热情欢迎海内外宾客来黄山游览。

这棵大名鼎鼎的迎客松倚青狮石破石而生，高10米，胸径0.64米，地径75厘米，枝下高2.5米，树龄至少已有800年，为黄山“四绝”之一。看到这样的景观，您可曾在心里有过疑问？黄山迎客松的枝叶为什么会向一个方向倾斜生长？是人为干预的结果吗？其实这只是植物本身趋光性的影响所造成的。因为迎客松的左边是一面巨大的石壁，挡住了射向这棵松树的阳光，由于植物生长需要光合作用，能够获得阳光的这一面就会生长得更为迅速茂盛，久而久之，在这种趋光性的长期影响下，迎客松的树枝就往另一边生长了，形成了我们现在看到的这种模样。其实，这种形状的松树在其他地方也能看到，形成的原因与此相同。

黄山迎客松

禽类为何喝水要抬头

在河边拍到一只正在喝水的鱼鹰，只见它将尖尖的喙深入河面中，含入一口水，然后抬头；一会儿再故伎重演，如此反复几次。其实，我们也经常会发现家禽如鸡、鸭、鹅在喝水时也总是抬着头。它们喝水时先是把水含在口里，然后再仰起头来，让水自然地流入食道。为何会这样呢？这是因为它们的食道很长，而且口腔肌肉又不够发达，无法直接把水送进长长的食道，所以只好让水自己流进去。一般情况下，凡是把头仰起来喝水的鸟或家禽，它们的食道都要比身躯长一些。

这只鱼鹰抬着头，正在将先前含入口中的水仰头送进腹中

古银杏为何多在寺庙中

秋季到来，不少摄影爱好者都会到一些古寺庙中拍摄树叶金黄的银杏。如留意观察的话，就会发现在我国各地的古刹名寺，特别是我国北方地区的大多数古寺庙中都有古银杏树。这是为什么呢？

相传佛祖释迦牟尼是在古印度摩揭陀国伽耶山的菩提树下，大彻大悟成佛的，为了纪念佛祖，并表示对佛教的虔诚，所以佛门弟子都在寺庙中种植菩提树，并视其为“佛门圣树”。

而菩提树是热带、亚热带的常绿植物，在南亚一带的佛国里，尤其是寺庙中，都广植菩提树。但菩提树在温带和北方寒冷地区很难生长，所以我国古代的高僧们独具慧眼，选用银杏来代替佛门圣树菩提树，如北京的潭柘寺和红螺寺等处著名的雄雌古银杏树。

因银杏是我国保存下来的古稀珍贵树种，为世界上最古老的植物之一，所以被誉为植物的“活化石”。银杏是最长寿的树种之一，有

北京红螺寺中的古银杏树

“寿星树”之称。银杏树体高大雄伟，最能衬托大雄宝殿的壮观。其叶片洁净素雅，有不受凡尘干扰的宗教意境，因此，有外国人称银杏为“中国的菩提树”，而且它们大多是一雌一雄种植在寺庙的主殿前（北京的潭柘寺和红螺寺就是典型的代表）。后来道家也视银杏为祥瑞之树，在道观中也有种植。我国最著名的古银杏有：山东莒县浮来山定林寺的商代银杏（其高达 26.5 米，干周长达 15.8 米，为我国和世界上的“古银杏之最”）、四川青城山天师洞的汉代银杏、南岳衡山福严寺的汉代银杏、江西庐山黄龙寺的晋代银杏、陕西周至县楼观台宗圣宫的周代银杏。

以前银杏很少，不像现在有银杏苗圃基地，以前要栽种一棵银杏也非易事，给古代银杏普及造成障碍。一般银杏繁殖有两种方式，一种是种子繁殖，这种繁殖一般不会自然繁殖，要人工把种子从树上收下来，到春天再种下。

自然条件下，银杏果从树上落下很难生长出银杏苗，另一种繁殖是大银杏下会从根部长出小银杏，然后把这些小银杏和母体分离栽种，这种情况是古代银杏传播主要途径，这种繁殖速度很慢，也是古代银杏没有普及的原因。

为什么遗留下来的千年古银杏都会在寺庙里呢？其实不难解释，银杏树龄较长，古代种树都是做家具用，那时普通百姓没有绿化意识，在银杏长到一定粗度就会砍下来做家具，谁也不会把银杏养到千年。寺院中种植银杏都是为了绿化，加上银杏在文化上和佛教有一定关系，所以寺庙都会种植银杏，而且种好后不会砍伐，这也是为什么古银杏会在寺庙里留下来。

还有一个原因就是银杏树龄长，千年以前，寺庙里可能种了很多树种，其他树种树龄短相继枯死，而银杏则能很好地活下来，这就是古银杏为何多在寺庙中的原因了。

后记

近年来，旅行已经变成一个十分热门的话题，林林总总的旅游平台在宣传推广，众多的旅行者在分享自己的经验，一个又一个的新景区被开发出来，一幅又一幅的精彩照片被流传，吸引鼓动着人们走出家门，走向丰富多彩的外部世界。其实这些都很平实，需要的是您有一颗探索外界的好奇心加上自己的实际行动。要知道，旅行不会总是称心如意，很多时候您所遇到看到的并不如资料宣传所说的那样精彩，不停地赶路也会让你觉得沉闷无聊，但当你有所发现，或得知其后面的故事或知识时，就会感觉到如同触摸到梦想之地，那一切的等待，隐忍，甚至无聊都是值得的。

世界真的很大，犹如一部厚重的大书，山川江河、帝王宫殿、街巷胡同、森林草木、百姓民居……每一处景致，都如同这部大书的一页，有无数诱人的故事和历史隐含其中。如果您能一路读去，那该是何等有趣，何等惬意！

对我而言，大自然中有无数的奥妙值得去探索；名胜古迹中沉淀着厚重的历史风云值得去感受。出门旅行时，解开所遇到的奥秘、了解名胜古迹中涉及的有趣传说和故事，也许比眼中所见更加有吸引力。要知道，媒体宣传中所说的世界远没有用自己脚步慢慢地丈量、用自己的眼睛去发现、用自己的心灵去体味、用自己的脑筋去思索来得深刻和丰富。

没有故事的风景和名胜古迹，就好比一桌没有放盐的大餐，空有其表，却食之无味。所以，我写这本书的初衷并不是想将其写成一本单纯的旅行手册或游记汇集，而是想让读者觉得这是一本讲故事的书，讲的是隐藏在我所游览过的一些景点、我看到过的一些文物后面的历史渊源、典故以及奇闻趣事，还有其中的科学知识。

最后，我想说的是，这不是一本解疑释惑的书，只是一本在闲暇时用于消遣的“杂书”，如果当您看完本书，觉得能为您在茶余饭后的闲谈中增加些谈资，那么我就颇感欣慰了！